# 穩紮穩打！新日本語能力試驗

Japanese-Language Proficiency Test

# N5文法

- 循序漸進、深入淺出
- 詞類變化一目瞭然
- 句型式學習方便記憶
- 詳細剖析相似文法其中異同
- 情境式會話，提升閱讀能力

目白JFL教育研究会 —— 編著

# はじめに

日文教育，將 N4 歸類為「初級」、N3 則是銜接初級與中級的「中級前期」、N2 為「中級」、N1 則為「高級」。而日本語能力試驗 N5 的範圍，則是屬於進入「初級」前的基礎入門。

「入門」，往往被認為是最簡單的一個階段。編著者們亦經常耳聞有許多老師建議學生別浪費時間報考 N5，直接挑戰 N4 或 N3。事實上，對於華語圈的學習者而言，N5 也真的不需要花費太多心力即可輕鬆考取。那麼，這是否就代表 N5 真的不重要呢？請先試著回答下述幾個問題：

1、「これは私の本です。どれがあなたの本ですか。」為什麼不能使用「どれは」？（解：P23）

2、你的國家是「お国」，為什麼你的公司不能講成「お会社」？（解：P41）

3、「明日、原宿へ行きますか？」為什麼不能使用「そうです」回答？（解：P42）

4、為什麼我家附近的超市，不是「うちの近いスーパー」？（解：P67）

5、「土曜日池袋へ行きます。日曜日は新宿へ行きます。」為什麼星期天要加「は」？（解：P130）

6、「ボールペンを２本ください」與「２本のボールペンをください」有什麼不一樣？（解：P158）

7、為什麼不能問老師「先生、コーヒーを飲みたいですか？」（解：P187）

8、「そして」與「それから」有什麼不一樣？（解：P196~P199）…等。

像這樣，N5 考試的範圍當中，其實有許多「你以為簡單，但其實不簡單」的文法觀念。正所謂魔鬼藏在細節裡，初級階段，即便不瞭解這些細節，仍然可以輕鬆考過檢定，但一旦到了中、高級，若是對於 N5 入門日語裡的文法知識似懂非懂，就很有可能讓你的日文能力一直卡關，很難向前邁進。「穩紮穩打」系列，就是建立在這樣的理念上所編寫的系列叢書。因此儘管只是 N5 程度的入門文法，本書還是厚達 300 多頁，精實程度是坊間其他競合產品所未見的。

本書適合已熟悉日語平假名、片假名，且稍微學習過日語入門前幾堂課程的讀者閱讀。編排上，是依照難易度，由淺入深。各文法項目的例句，盡可能使用前面章節已學習過的文法，但對話及閱讀的部分會預先使用下一單元或者下兩單元即將學習的文法，事先預習。這些使用到後面才會出現的文法時，也會於例句後方加上參照註明。

由於本書的對象讀者為漢字圈的學習者，且例句皆附上翻譯，因此例句中所使用的字彙會刻意挑選常見、但超過 N5 程度的字彙。在不增加考生負擔的前提下，可望提升實用字彙量。

相信只要熟讀本書，必能穩固基礎，在往後學習日文的道路上一路順遂，輕鬆考過 N5 檢定！

作者

# 01 單元

## 名詞句



# 02 單元

## 場所



# 03 單元

## 形容詞句

## 04 單元

### 形容詞句的句型



## 05 單元

### 時間與日期



## 06 單元

### 移動動詞句

## 07 單元

### 動詞與助詞



## 08 單元

### 存在與所有



## 09 單元

### 其他動詞句

## 10 單元

### 複句與接續詞



## 11 單元

### 動詞原形與ない形



## 12 單元

### 動詞た形

# 13 單元

## 動詞て形



# 14 單元

## 形容詞子句



# 15 單元

## 自他動詞

## 文章與對話

# 登場人物

恋人

**陳さん（台湾・男）**

**主人公**

イロハ学校の学生

**林さん（香港・女）**

**陳さんの恋人**

ヒフミ学校の学生

同級生

先輩後輩

**李さん（韓国・男）**

**陳さんの先輩**

イロハ学校の学生

**ルイさん（フランス・男）**

**陳さんの同級生**

イロハ学校の学生

01

# 第 01 單元：名詞句

01. ～は　～です
02. 名詞句的否定及過去
03. 封閉式問句與選擇式問句
04. ～も
05. これ／それ／あれ
06. どれ
07. この～／その～／あの～
08. 誰

日文的句子，分成 1. 以名詞結尾的「名詞句」、2. 以イ、ナ形容詞結尾的「形容詞句」、以及 3. 以動詞結尾的「動詞句」。本單元介紹「名詞句」的各種用法，包含其肯定、否定、疑問與現在跟過去的講法，亦會學習指示物品的指示詞「これ／それ／あれ」與連體詞「この～／その～／あの～」的用法。

# 第 01 單元： 名詞句

## 01. ～は　～です

接続：名詞＋は　名詞＋です
翻訳：是…。
説明：本句型是日文中最基本的句型。「は」為助詞，功能為「提示句子的主題」。「です」則是用來表達現在肯定的助動詞。至於什麼是主題？這裡先使用中文的句子來介紹「主題」的概念。

① 我　喜歡聽音樂。
主題　敘述內容

② 音樂　我天天都聽。
主題　敘述內容

框框部分為句子的主題，而底線部分就是針對此主題進行描述的部分。「主題」並不等於「主語（主詞）」或「動作主體」。例如第①句話，講述「我喜歡聽音樂」，談論的主題是我，聽音樂的主語、動作主體也是我。因此在這個例句中，主語與主題是同一人。至於第②句「音樂我天天都聽」，談論的主題是「音樂」，但主語或動作主體並非音樂，而是「我」。因此在這一句話當中，主題為「音樂」，主語與動作主體是「我」。

日文的「は」就是屬於提示「主題」的概念，而非表示「主語」的概念。

若將名詞擺在「は」的前方，即表示此名詞為「主題」。

- 私（わたし） **は**　春日（かすが）です。（敝姓春日。）
  主題　敘述內容
- 私（わたし） **は**　日本人（にほんじん）です。（我是日本人。）
  主題　敘述內容
- 山田（やまだ）さん **は**　学生（がくせい）です。（山田是學生。）
  主題　敘述內容

## 辨析：

「～さん」，用於放在他人的姓氏後面，表示對此人的敬稱。相當於中文的「先生、小姐」之意。自我介紹時，不可加在自己的姓氏後面。

**× 私(わたし)は　春日(かすが)さんです。**

## 隨堂測驗：

01. 鈴木さん（　）　医者です。
　1. は　2. で　3. に　4. を

02. （　）は　（　）です。
　1. 台湾人／日本人　2. 私／台湾人　3. 日本人／台湾人　4. 台湾人／私さん

解01.（1）　02.（2）

# 02. 名詞句的否定及過去

接続：名詞＋は　名詞＋ではありません／でした／ではありませんでした
翻訳：不是…。／曾經（之前）是…。／曾經（之前）不是…。
説明：上一項文法學到「～は　～です」句型。其中的助詞「は」用以表達主題，因此「は」並不是「～是（肯定）」的意思。日文的名詞句，其肯定、否定或過去，是要看句尾的助動詞「～です」。否定句時，可使用正式的講法「ではありません」，亦可使用較口語的講法（縮約型）「じゃありません」。

| | 現在 | 過去 |
|---|---|---|
| 肯定 | です | でした |
| 否定 | ではありません<br>じゃありません | ではありませんでした<br>じゃありませんでした |

・山本(やまもと)さん **は** 先生(せんせい)では（じゃ）ありません。（山本先生不是老師。）

主題　敘述內容

・安倍(あべ)さん **は** 首相(しゅしょう)でした。（安倍先生曾經是首相。）

主題　敘述內容

・昨日(きのう) **は** 雨(あめ)では（じゃ）ありませんでした。（昨天不是雨天。）

主題　敘述內容

## 辨析：

若要表達「不是A，而是B」，則除了可以分成兩句話表達以外，亦可使用「Aでは（じゃ）なくて、Bです」的形式表達。

**・山本(やまもと)さんは　先生(せんせい)では（じゃ）ありません。　学生(がくせい)です。**

（山本先生不是老師。是學生。）

**⇒山本(やまもと)さんは　先生(せんせい)では（じゃ）なくて、　学生(がくせい)です。**

（山本先生不是老師，而是學生。）

## 隨堂測驗：

01. （　）は　晴れでした。
1. 昨日　2. 鈴木さん　3. 私　4. 明日

02. 私は　中国人（　）、　台湾人です。
1. じゃありませんで　2. ではないで　3. じゃなくて　4. じゃないで

解01.（1）　02.（3）

# 03. 封閉式問句與選擇式問句

接続：名詞句です／でした＋か
翻訳：① 是…嗎？② 是…還是？
説明：日文的疑問句有三種：「封閉式問句（Yes-No Question）」、「開放式問句（WH Question）」與「選擇式問句（Alternative Question）」。
所謂的「封閉式問句」，即是以「はい」或「いいえ」來回答的問句，相當於中文裡，以「…嗎？」為結尾的問句。
所謂的「開放式問句」，即是使用疑問詞「誰（だれ）」、「何（なに）」、「どこ」、「いつ」…等疑問詞來問的問句，相當於中文裡，以「…呢？」為結尾的問句。
所謂的「選擇式問句」，即是提出複數選項來讓聽話者選擇的問句。相當於中文裡的「呢？…還是…呢？」的詢問方式。
本項文法學習①「封閉式問句」與②「選擇式問句」，至於「開放式問句」請參考第 05 項文法的辨析部分。

**①封閉式問句（Yes-No Question）：**

封閉式問句，只需要在句子的後方，加上終助詞「か」即為疑問句（句尾語調上揚）。日文正式的書寫上，不使用「？」問號，即便是疑問句，也是打上「。」句號。

・山田(やまだ)さんは　学生(がくせい)です**か**。
（山田先生是學生嗎？）
・昨日(きのう)は　雨(あめ)でした**か**。
（昨天是雨天嗎／昨天有下雨嗎？）

封閉式問句的回答，會使用「はい」來表達肯定、「いいえ」來表達否定。

・A：山田(やまだ)さんは　学生(がくせい)ですか。（山田先生是學生嗎？）
　B：**はい**、　山田(やまだ)さんは　学生(がくせい)です。（是的，山田先生是學生。）
　　**いいえ**、　山田(やまだ)さんは　学生(がくせい)では（じゃ）ありません。（不，山田先生不是學生。）

・A：昨日(きのう)は　雨(あめ)でしたか。（昨天是雨天嗎？）
　B：**はい**、　昨日(きのう)は　雨(あめ)でした。（是的，昨天是雨天。）
　　**いいえ**、　昨日(きのう)は　雨(あめ)では（じゃ）ありませんでした。（不，昨天不是雨天。）

### ②選擇式問句（Alternative Question）：

選擇式問句，則是在句子的敘述部分，提出兩個以上的選項，並加上終助詞「か」，來讓聽話者選擇其一的問話方式。回答時，不可使用「はい」或「いいえ」，直接提出正確選項即可。

・A：山田（やまだ）さんは　学生（がくせい）です**か**、　会社員（かいしゃいん）です**か**。（山田先生是學生，還是上班族？）
　B：山田（やまだ）さんは　学生（がくせい）です。（山田先生是學生。）

・A：昨日（きのう）は　雨（あめ）でした**か**、　晴（は）れでした**か**。（昨天是雨天還是晴天？）
　B：昨日（きのう）は　雨（あめ）でした。（昨天是雨天。）

## 隨堂測驗：

01. A：あなたは　フランス人（　）。　B：はい、私は　フランス人です。
　1. ではありません　2. です　3. ですか　4. ではなくてか

02. A：李さんは　台湾人ですか、中国人ですか。　B：（　）。
　1. はい、中国人です　2. いいえ、台湾人です　3. 台湾人です　4. 中国人か

解01.（3）　02.（3）

# 04. ～も

接続：名詞＋も
翻訳：也…。
説明：「も」也是一個助詞，用來表達相同事物的類比，中文翻譯成「也…」。只要將第 01 項文法「～は　～です」當中的「は」換成「も」，以「～も　～です」的形式，即可表達「也是…」。若是使用於否定句，以「～も　～では（じゃ）ありません」的形式，則是表達「也不是…」。過去式的句子亦然，以「～も　～でした」的形式，則是表達「曾經（之前）也是…」。

・私**は**　日本人です。　山田さん**も**　日本人です。
（我是日本人。山田先生也是日本人。）

・私**は**　学生では（じゃ）ありません。　山田さん**も**　学生では（じゃ）ありません。
（我不是學生。山田也不是學生。）

・昨日**は**　雨でした。　一昨日**も**　雨でした。
（昨天是雨天。前天也是雨天。）

・A：キムさん**は**　会社員です。　ジョンさん**も**　会社員ですか。
（金先生是上班族。鄭先生也是上班族嗎？）
B：**はい**、　ジョンさん**も**　会社員です。（是的，鄭先生也是上班族。）
**いいえ**、　ジョンさん**は**　会社員では（じゃ）ありません。　学生です。
（不，鄭先生不是上班族。他是學生。）

## 隨堂測驗：

01. 私は　日本人です。　ジョンさん（　）　韓国人です。
　1. は　2. も　3. の　4. か

02. キムさんは　韓国人です。　ジョンさん（　）　韓国人ですか。
　1. は　2. も　3. の　4. か

解 01.（1）　02.（2）

# 05. これ／それ／あれ

接続：これ／それ／あれ＋は　or　これ／それ／あれ＋です

翻訳：這個。那個。

説明：「これ」、「それ」、「あれ」為指示詞，用來指示「物品」。距離說話者近的物品，就使用「これ」；距離聽話者近的物品，就使用「それ」；若物品在聽話者與說話者兩者勢力範圍外的，就使用「あれ」。此外，表某人所有、或某品牌、某國家生產的物品，可使用「～の」來表達。

・A：**これ**は　辞書ですか。（這是字典嗎？）

　B：はい、　**それ**は　辞書です。（是的，那是字典。）

・A：**それ**は　あなたの　本ですか。（那是你的書嗎？）

　B：いいえ、　**これ**は　私の　本では（じゃ）ありません。

　　**これ**は　鈴木さんの　本です。（不，這不是我的書。這是鈴木先生的書。）

　B：いいえ、　**これ**は　私の　本では（じゃ）なくて、

　　鈴木さんの　本です。（不，這不是我的書，是鈴木先生的書。）

・A：**あれ**は　エルメスの　かばんですか。（那是愛馬仕的包包嗎？）

　B：いいえ、　**あれ**は　ルイ・ヴィトンの　かばんです。（不，那是 LV 的包包。）

　B：いいえ、　**あれ**は　エルメスのでは（じゃ）なくて、

　　ルイ・ヴィトンのです。（不，那不是愛馬仕的，是 LV 的。）

## 辨析：

若所指示的物品很大，如「汽車」、「建築物」…等，且兩人就在其前方對話時，則以「これ」詢問，也以「これ」回答。

・**A：これは　あなたの　車ですか。**

（A：這是你的車嗎？）

**B：いいえ、これは　山田さんの　車です。**

（B：不，這是山田的車。）

## 辨析：

上述的問句，皆為「封閉式問句」，因此皆以「はい」或「いいえ」回答。「これ」、「それ」、「あれ」亦可使用於「開放式問句」。

**開放式問句**（WH Question）：

開放式問句，並不像「封閉式問句」或「選擇式問句」這樣，在敘述的部分提出具體的名詞讓說話者判斷是非或選擇其一，而是於敘述部分使用「疑問詞」來詢問聽話者，請聽話者講出正確的答案。詢問物品時，使用「何（なに）」或「何（なん）」詢問（※ 註：後接「です」時，使用「なん」）。回答時，不可使用「はい」或「いいえ」，直接講出物品名稱即可。

・**A：それは　何ですか。**（那是什麼？）

**B：（これは）　スマホです。**（< 這是 > 智慧型手機。）

・**A：あれは　何ですか。**（那是什麼？）

**B：（あれは）　タブレットです。**（< 那是 > 平板電腦。）

## 隨堂測驗：

01. A：あれは　自転車ですか。　B：はい、（　）は　自転車です。
    1. これ　2. それ　3. あれ　4. どれ

02. A：それは　何ですか。　B：（　）は　財布です。
    1. はい、これ　2. いいえ、これ　3. これ　4. なん

解01.（3）　02.（3）

# 06. どれ

接続：どれ＋が　or　どれ＋です
翻訳：哪一個？
説明：「どれ」也是個疑問詞。一樣使用於開放式問句來詢問。上一個文法學習到的「何（なに／なん）」用於詢問物品的名稱，而「どれ」則是用於要求聽話者指出正確的物品。當你想要知道物品名稱時，就會使用「何（なに／なん）」來詢問。當你想要對方指出正確物品時，就會使用「どれ」來詢問。

・A：それは　**何**ですか。（那是什麼？）
　B：（これは）　**スマホ**です。（< 這是 > 智慧型手機。）

・A：あなたの　スマホは　**どれ**ですか。（你的手機是哪個？）
　B：（私の　スマホは）　**これ**です。（我的手機是這個。）
　　**それ**です。（我的手機是那個。）
　　**あれ**です。（我的手機是那個。）

## 辨析：

「これは　本です」與「本は　これです」的異同：

當你詢問物品名稱時，會問「これは何（なん）ですか」，這時，回答句就會是「これは本です」。
當你希望對方指出正確物品時，會問「（あなたの）本はどれですか」，這時，回答句就會是「（私の）本はこれです」。上述兩者的不同處，就在於問句的差異。

・**A：これは　何ですか。**（這是什麼？）
　**B：これは　本です。**（這是書。）

・**A：あなたの　本は　どれですか。**（你的書是哪一本？）
　**B：私の本は　これです。**（我的書是這一本。）

請注意，若換一種問話方式，將疑問詞「どれ」置於句首，則必須要將助詞「は」改為助詞「が」。這是因為不確定的東西（疑問詞）不可作為主題。此種問話方式時，回答句也是需要使用「が」來回答。

・**A：どれが　あなたの　本（ほん）ですか。**（哪本是你的書呢？）
　**B：これが　私（わたし）の　本（ほん）です。**（這本是我的書。）

## 隨堂測驗：

01. A：あなたの　かばんは　（　）ですか。　B：それです。
　1. これは　2. それは　3. なん　4. どれ

02. A：どれ（　）　あなたの　傘ですか。　B：これが　私の　傘です。
　1. の　2. は　3. が　4. か

解01.（4）　02.（3）

# 07. この～／その～／あの～

接続：この／その／あの＋名詞
翻訳：這個（＋名詞）。那個（＋名詞）…。
説明：「この～」「その～」「あの～」所指示的範圍、概念，跟「これ／それ／あれ」是一樣的。唯一的不同點就是「この～、その～、あの～」屬於連體詞。它的後面，一定要加名詞，不可以直接加上「は」。也就是，它一定是以「この名詞は」「その名詞は」「あの名詞は」的形式出現在句中。不會有「このは、そのは、あのは」的形式。此外，在第 05 項文法有提到：表某人所有，或某品牌生產的物品，可使用「～の」來表達。而當使用連體詞「この～／その～／あの～」時，由於已經將名詞講了出來，因此敘述部分可以省略掉重複的名詞。

・この　本（ほん）は　私（わたし）の　~~本（ほん）~~です。（這本書是我的書。）
主題　　敘述內容

・その　カメラは　山本（やまもと）さんの　~~カメラ~~です。（那個照相機是山本的。）
主題　　敘述內容

・あの　かばんは　エルメスの　~~かばん~~です。（那個包包是愛馬仕製作的包包。）
主題　　敘述內容

若使用疑問詞「どの～」置於句首，則一樣要將名詞後方的助詞「は」改為「が」。

・A：どの　本（ほん）**が**　あなたの　~~本（ほん）~~ですか。（哪本書是你的呢？）
主題　　敘述內容

B：この　本（ほん）**が**　私（わたし）の　~~本（ほん）~~です。（這本書是我的。）
主題　　敘述內容

## 隨堂測驗：

01. あの　傘は　（　）です。

　　1. 鈴木さん　2. 鈴木さんが　3. 鈴木さんは　4. 鈴木さんの

02. どの　人（　）　鈴木さんですか。

　　1. が　2. は　3. の　4. も

解01.（4）　02.（1）

# 08. 誰(だれ)

接続：誰＋が　or　誰＋です
翻訳：誰？
説明：「誰」為疑問詞，以開放式問句的方式來詢問某人是誰。詢問時，以連體詞「この～／その～／あの～」＋「人」的方式詢問。

・A：あの　人(ひと)は　誰(だれ)ですか。
（A：那個人是誰呢？）
B：あの　人(ひと)は　３年(ねん)Ａ組(ぐみ)の　山田(やまだ)さんです。
（B：那個人是三年Ａ班的山田。）

若使用較有禮貌的方式詢問，會將疑問詞「誰」改為「どなた」、「人」改為「方」。

・A：あの　方(かた)は　どなたですか。
（A：那位是哪位呢？）
B：あの　方(かた)は　英語(えいご)の　先生(せんせい)です。
（B：那位是英文老師。）

請注意，若我們換一種問話方式，將疑問詞「誰」或「どなた」置於句首，則一樣必須要將助詞「は」改為助詞「が」。

・A：誰(だれ)**が**　山田(やまだ)さんですか。
（A：哪個人<才>是山田先師呢？）
B：あの　人(ひと)**が**　山田(やまだ)さんです。
（B：那個人<就>是山田先生。）

・A：どなた**が**　英語(えいご)の　先生(せんせい)ですか。
（A：哪位是英文老師呢？）
B：あの　方(かた)**が**　英語(えいご)の　先生(せんせい)です。
（B：那一位是英文老師。）

## 辨析：

我們在第 05 項文法中提到：「これ／それ／あれ」與「この～／その～／あの～」，若物品距離說話者近，則使用「これ」；若物品距離聽話者近，則使用「それ」；若物品在聽話者與說話者兩者勢力範圍外的，則使用「あれ」。**這個原則建立在說話者與聽話者兩人並未站在一起**（「對立型」⇒ #09）。

若**說話者與聽話者站在一起**（「融合型」⇒ #09）**，則必須以距離的遠近**來區分使用「これ／それ／あれ」與「この～／その～／あの～」。離兩人近的物品，使用「これ」「この～」；離兩人中等距離的物品，使用「それ」「その～」；離兩人遠的物品，使用「あれ」「あの～」。

**融合型：**

あ～

**對立型：**

あ～

・**A：この　かばんは　どこの　かばんですか。**
（A：這個包包是哪裡製造的包包。）
**B：この　かばんは　イタリアの　かばんです。**
（B：這個包包是義大利製的包包。）

・**A：その　人(ひと)は　誰(だれ)ですか。**（那個人是誰？）
**B：その　人(ひと)は　鈴木(すずき)さんです。**（那個人是鈴木。）

## 隨堂測驗：

01.（　）人は　誰ですか。
1. それ　2. その　3. どちら　4. どなた

02. A：（　）が　社長ですか。　B：あの　方が　社長です。
1. 誰人　2. どの　3. どれ人　4. どなた

解 01.（2）　02.（4）

## 文章與對話

（台日親善交流會中，兩位留學生在台上自我介紹）

私は 陳です。 台湾人です。 中国人では（じゃ）なくて、 台湾人です。 彼女は 林です。 私の 恋人です。 林は 香港人です。 私たちは 会社員でした。 今は 日本語学校の 学生です。 どうぞ よろしく お願いします。

---

（台下的日本人中村先生詢問台上的兩位留學生）

中村：陳さんたちは イロハ学校の 学生ですか、 ヒフミ学校の 学生ですか。
陳 ：私は イロハ学校の 学生です。
中村：林さんも イロハ学校の 学生ですか。
陳 ：いいえ、 林は ヒフミ学校の 学生です。

中村：あの 男の 方は どなたですか。
陳 ：あの 方は 春日先生です。 日本語の 先生です。
中村：陳さんの 先生ですか。
陳 ：はい。 イロハ学校の 先生です。

中村：林さん、 どなたが 林さんの 先生ですか。
林 ：あの 女性の 方が 私の 先生です。 鈴木先生です。

中村：林さん、 それは 何ですか。
林 ：これは スマート・ウォッチです。 時計です。
中村：へえ、 香港の スマート・ウォッチですか。
林 ：いいえ、 アメリカの スマート・ウォッチです。

## 翻譯

（台日親善交流會中，兩位留學生在台上自我介紹）

敝姓陳。我是台灣人。我不是中國人，而是台灣人。她姓林。是我的女朋友。林小姐是香港人。我們曾經是上班族。現在是日語語言學校的學生。請多多指教。

（台下的日本人中村先生詢問台上的兩位留學生）

中村：陳先生，你們是伊呂波學校的學生呢？還是一二三學校的學生呢？
陳　：我是伊呂波學校的學生。
中村：林小姐也是伊呂波學校的學生嗎？
陳　：不，林小姐是一二三學校的學生。

中村：那位男性是誰呢？
陳　：那位是春日老師。是日文老師。
中村：是陳先生你的日文老師嗎？
陳　：是的。他是我們伊呂波學校的老師。

中村：林小姐，哪位是你的老師呢？
林　：那位女性是我老師。鈴木老師。

中村：林小姐，你那個是什麼東西？
林　：這是智慧型手錶。手錶。
中村：哦，是香港製的智慧型手錶嗎？
林　：不是，是美國製的智慧型手錶。

# 01 單元小測驗

1．陳さんは　留学生です。　林さん（　）　留学生です。

1　は　　2　が　　3　も　　4　か

2．昨日は　晴れではありませんでした。　雨（　）。

1　です　　2　ではありました　　3　ではありません　　4　でした

3．A：吉田さんは　会社の　社長ですか。　B：いいえ、　吉田さんは　（　）。

1　社長です　　2　社長じゃありません

3　部長でした　　4　部長じゃありませんでした

4．A：ルイさんは　フランス人ですか、　（　）。　B：イギリス人です。

1　イギリス人ですか　　2　フランス人じゃありませんか

3　フランス人でしたか　　4　イギリス人じゃありませんでした

5．私は　イロハ学校の　学生でした。　林さん（　）　ヒフミ学校の　学生でした。

1　も　　2　は　　3　の　　4　か

6．A：これは　あなたの　本ですか。　B：（　）。

1　それは　私の　本です　　2　本は　それです。

3　はい、　それは　私の　本です　　4　はい、　あなたの　本です

7．A：どれが　山田先生の　傘ですか。　B：（　）。

1　あれが　山田先生の　傘です　　2　傘が　山田先生です

3　あれは　山田先生の　傘です　　4　傘は　山田先生のです

8．A：あなたの　時計は　どれですか。　B：（　）。

1　私の時計は　これです　　2　これは　私の時計です

3　時計は　これです　　4　これは　時計です

9．（　）時計は　（　）です。

1　この／スイス　　2　この／スイスの　　3　これ／スイス　　4　これ／スイスの

10. A：（　）が　ヒフミ学校の　先生ですか。B：この方が　ヒフミ学校の　先生です。

1　どちら　　2　どれ　　3　どなた　　4　なん

02

# 第 02 單元：場所

09. ここ／そこ／あそこ
10. ～は　ここ／そこ／あそこです
11. こちら／そちら／あちら
12. どちら
13. お～
14. そう
15. ～ね
16. ～よ

本單元延續上一單元的名詞句，所使用到的句型也是名詞句的基本句型「～は　～です／ではありません／ですか」。而本單元的重點在於學習表達場所的指示詞及疑問詞，以及放置於句尾的兩個終助詞「よ」與「ね」之用法。由於「よ」與「ね」亦可接續於形容詞後方，因此第 15 與 16 項文法項目亦會舉出使用形容詞的例句，為下一單元「形容詞句」做暖身。

# 09. ここ／そこ／あそこ

接続：ここ／そこ／あそこ＋は
翻訳：這裡是（不是）。那裡是（不是）。
説明：上一單元我們學到的「これ／それ／あれ」與「この～／その～／あの～」是用來指示物品的指示詞，本單元要學習的「ここ／そこ／あそこ」則是用來指示場所、地方的指示詞。上一單元第 08 項文法中的辨析也有提及，指示詞的用法，分成：① 兩個人所處的位置不是在一起，而是分開的「對立型」與 ② 兩個人站在一起的「融合型」兩種。如圖示：

**①對立型（領域範圍不同）**

「ここ」　是指說話者所在的場所
「そこ」　是指聽話者所在的場所
「あそこ」是指離兩人以外的場所

・ここは　会議室（かいぎしつ）です。
（這裡是會議室。）
・ここは　教室（きょうしつ）では（じゃ）ありません。
（這裡不是會議室。）

・A：**そこ**は　トイレですか。
（A：你那裡是廁所嗎？）
B：いいえ、**ここ**は　物置（ものおき）です。
（B：不，這裡是置物間。）

・A：あそこは　何（なん）ですか。
（A：< 遠處 > 那裡是什麼？）
B：あそこは　トイレです。
（B：< 遠處 > 那裡是廁所。）

あそこ

②**融合型（領域範圍相同）**

「ここ」　站在一起時，兩人所在的地方
「そこ」　站在一起時，離兩人距離中程
「あそこ」站在一起時，離兩人距離遠處

・ここは　管理室(かんりしつ)です。
（這裡是管理室。）

・ここは　トイレでは（じゃ）ありません。
（這裡不是廁所。）

・A：**そこ**は　食堂(しょくどう)ですか。
（A：那裡是食堂嗎？）
　B：はい、**そこ**は　食堂(しょくどう)です。
（B：是的，那裡是食堂。）

・A：あそこは　誰(だれ)の　部屋(へや)ですか。
（A：那裡是誰的房間呢？）
　B：あそこは　私(わたし)の　部屋(へや)です。
（B：那裡是我的房間。）

## 辨析：

詢問場所的疑問詞為「どこ」（哪裡）。若將疑問詞「どこ」置於句首，則一樣必須要將助詞「は」改為助詞「が」。回答句也是需要使用「が」來回答。

・**A：どこが　会議室(かいぎしつ)ですか。**（哪裡是會議室呢？）
　**B：そこが　会議室(かいぎしつ)です。**（那裡是會議室。）

## 隨堂測驗：

01. （兩人站在一起，A 指向不遠處的廁所）A：そこは　トイレですか。

B：はい、　（　）は　トイレです。

1. ここ　2. そこ　3. あそこ　4. どこ

02. （兩人站對立面，A 指向 B 身旁的廁所）A：そこは　トイレですか。

B：はい、　（　）は　トイレです。

1. ここ　2. そこ　3. あそこ　4. どこ

解01.（2）02.（1）

# 10. ～は　ここ／そこ／あそこです

接続：ここ／そこ／あそこ＋です
翻訳：在這裡。在那裡。
説明：當我們要詢問特定的「人」、「物品」或是「場所」所在的位置時，可將「人」、「物品」或是「場所」擺在「は」的前方當作是主題，並使用疑問詞「どこ」（哪裏）來詢問其位在何方。

・A：鈴木（すずき）さん　は　どこですか。（鈴木先生在哪裡呢？）
　　主題　　　　　敘述內容

・A：私（わたし）の　眼鏡（めがね）　は　どこですか。（我的眼鏡在哪裡？）
　　主題　　　　　敘述內容

・A：コンビニ　は　どこですか。（便利商店在哪裡呢？）
　　主題　　　　　敘述內容

針對上述的問句，回答時，可以使用指示詞「ここ／そこ／あそこ」直接指出所在的場所，亦可直接講出所在的位置。

・B：鈴木（すずき）さんは　あそこです。（鈴木先生在那裡。）
　　鈴木（すずき）さんは　事務所（じむしょ）です。（鈴木先生在辦公室。）

・B：あなたの　眼鏡（めがね）は　ここです。（你的眼鏡在這裡。）
　　あなたの　眼鏡（めがね）は　机（つくえ）の　上（うえ）です。（你的眼鏡在桌子上面。）

・B：コンビニは　そこです。（便利商店在那裡。）
　　コンビニは　2階（かい）です。（便利商店在二樓。）

## 辨析：

「ここは食堂です」與「食堂はここです」的異同：

當你為新來的同學介紹環境時，會使用第 09 項文法所學習到的「ここは食堂です」、「そこはトイレです」來單純敘述每個地方為何。

但若新同學想要吃飯，欲找尋食堂時，他就會將「食堂」作為主題，以本文法項目學習到的方式詢問「食堂はどこですか」。這時你的回答也會針對特定主題「食堂」來敘述，回答「食堂はここです」。

也就是說，「ここは食堂です」與「食堂はここです」兩者使用的語境是不同的。

而針對特定主題敘述時，除了可以找尋**場所**外，亦可以找尋**特定人物**或**物品**。針對「鈴木さんはどこですか」這個詢問，可以回答「鈴木さんはあそこです」。但因為「鈴木」並不是場所名詞，因此不會有「（×）あそこは鈴木さんです」的講法。

此外，用來找尋特定場所的本句型「～は　ここ／そこ／あそこです」（例：コンビニは　そこです），亦可以替換為第八單元的第 52 項文法：所在句「～は　～に　あります」（例：コンビニは　そこに　あります）。

## 隨堂測驗：

01. A：（　）は　（　）ですか。
　　B：お手洗いは　あそこです。
　　1. お手洗い／どこ　　2. どこ／お手洗い
　　3. お手洗い／あそこ　　4. あそこ／お手洗い

02. A：郵便局は　どこですか。
　　B：郵便局は　（　）です。
　　1. 食堂　2. 地下 1 階　3. どこ　4. それ

解 01.（1）　02.（2）

# 11. こちら／そちら／あちら

接続：こちら／そちら／あちら＋は　or
こちら／そちら／あちら＋です
翻訳：這裡。那裡。
説明：「こちら／そちら／あちら」原意是用來指示「方向」，它也可以用來取代指示場所的「ここ／そこ／あそこ」。使用「こちら／そちら／あちら」來指示場所時，語氣更為鄭重、有禮貌，因此多用於「客人與店員」、「老師與學生」、「上司與下屬」等的對話場景。若說話者為客人，詢問時，可使用較禮貌的疑問詞「どちら」亦可使用較普通的「どこ」來詢問。若為學生，且詢問的對象為老師，則請使用較禮貌的「どちら」。若對話的兩者皆為學生，則使用「どこ」詢問即可。

・こちらは　受付（うけつけ）です。（這裡是服務處／櫃檯。）
・そちらは　時計（とけい）の　売（う）り場（ば）です。（那裡是鐘錶賣場。）
・あちらは　レストランです。（那裡是餐廳。）

・客（きゃく）　：受付（うけつけ）は　どこ／どちらですか。（服務處／櫃檯在哪裡？）
　店員（てんいん）：受付（うけつけ）は　あちらです。（服務處／櫃檯在那邊。）

・学生（がくせい）：先生（せんせい）、　教員室（きょういんしつ）は　どちらですか。（老師，教師休息室在哪邊呢？）
　先生（せんせい）：教員室（きょういんしつ）は　あそこです。（教師休息室在那裡。）

・学生（がくせい）A：山田先生（やまだせんせい）の　研究室（けんきゅうしつ）は　どこですか。（山田老師的研究室在哪裡？）
　学生（がくせい）B：山田先生（やまだせんせい）の　研究室（けんきゅうしつ）は　3階（がい）です。（山田老師的研究室在三樓。）

## 辨析：

「こちら」除了可用來指示「場所」以外，亦可用於有禮貌地來「介紹」某人物，意思等同於「この方」。

**・こちらは　株式会社（かぶしきがいしゃ）ペコスの　春日（かすが）さんです。**

（這位是沛可仕股份有限公司的春日先生。）

## 隨堂測驗：

01. 客：トイレは　どこですか。　店員：（　）です。
　　1. どこ　2. そこ　3. どちら　4. そちら

02. （　）は　早稲田大学の　山本先生です。
　　1. これ　2. ここ　3. こちら　4. この

解01.（4）　02.（3）

# 12. どちら

接続：どちら＋が　or　どちら＋です
翻訳：哪一個（二選一）。
説明：我們在上一單元的第 06 項文法學習到，詢問物品的疑問詞使用「どれ」、「どの～」。而本單元第 11 項文法學習到的疑問詞「どちら」，除了用來指示方向、場所外，亦可用來詢問物品。兩者的差異在於「どれ」、「どの～」是詢問聽話者從「三個以上眾多物品」當中，挑選一個正確的。而「どちら」則是詢問聽話者「兩個物品」哪一個才是正確的。

・あなたの　スマホは　**どれ**ですか。（你的手機是 < 這一堆裡面的 > 哪一個？）

・あなたの　スマホは　**どちら**ですか。（你的手機是 < 這兩隻當中的 > 哪一個？）

若我們換一種問話方式，將疑問詞「どちら」置於句首，一樣必須要將助詞「は」改為助詞「が」。

・A：どれ**が**　あなたの　本(ほん)ですか。（< 這一堆書裡面 > 哪本是你的書呢？）
　B：これ**が**　私(わたし)の　本(ほん)です。（這本是我的書。）

・A：どの本(ほん)**が**　あなたの　~~本(ほん)~~ですか。（< 這一堆書裡面 > 哪本書是你的呢？）
　B：この本(ほん)**が**　私(わたし)の　~~本(ほん)~~です。（這本書是我的。）

・A：どちら**が**　あなたの　本(ほん)ですか。（< 這兩本 > 哪本是你的書呢？）
　B：これ**が**　私(わたし)の　本(ほん)です。（這本是我的書。）（※ 註：回答時使用「これが」，不使用「こちらが」）

## 辨析：

目前學習到的指示詞與疑問詞總整理：

| | 「こ」指示詞 | 「そ」指示詞 | 「あ」指示詞 | 「ど」疑問詞 |
|---|---|---|---|---|
| **物品** | これ | それ | あれ | どれ（多選一）<br>どちら（二選一） |
| **物品** | この名詞 | その名詞 | あの名詞 | どの名詞 |
| **人** | この人（ひと）<br>この方（かた）<br>こちら | その人（ひと）<br>その方（かた） | あの人（ひと）<br>あの方（かた） | どの人（ひと）／誰（だれ）<br>どなた |
| **場所** | ここ | そこ | あそこ | どこ |
| **方向<br>場所（禮貌）** | こちら | そちら | あちら | どちら |

## 隨堂測驗：

01. （桌上有兩隻筆）A：（　）が　あなたの　ボールペンですか。
　1. どちら　2. どれ　3. どの　4. どなた

02. （桌上有五隻筆）A：（　）が　あなたの　ボールペンですか。
　1. どちら　2. どれ　3. どの　4. どなた

解 01.（1） 02.（2）

# 13. お～

接続：お＋名詞
翻訳：貴…／您的…。
説明：「お～」，放置在關於聽話者或第三者的事物（名詞）前方，用表達說話者的敬意。例如：「お国（貴國）」、「お名前（您的名字）」、「お仕事（您的工作）」、「おうち（貴府）」、「お車（您的車子）」…等。能夠使用的詞彙很有限，初級時，僅需學習上述幾個單字即可。（※註：「（×）お会社」「（×）お学校」皆為錯誤的用法。）

・A：お国（くに）は　どちらですか。（您的國家是哪裡？）
　B：イギリスです。（英國。）

・A：~~お~~会社（かいしゃ）は　どちらですか。（您公司是哪間／在哪？）
　B：株式会社（かぶしきがいしゃ）ペコスです。／西新宿（にししんじゅく）です。
　（我公司是沛可仕股份有限公司。／我公司在西新宿。）

## 辨析：

「お」除了可以用來表達對於聽話者或第三人的敬意以外，亦有「美化語」的功能。「美化語」主要是說話者為了展現自己的優雅氣質、美化用字遣詞而已，並非對於任何人的敬意。例如：「お茶」、「お寿司」、「お土産（伴手禮）」、「お手洗い」…等。
此外，有些字詞一定得加上「お」來使用，不可省略。例如：「おにぎり（飯糰）」、「おしぼり（濕毛巾）」、「おやつ（下午給兒童吃的點心）」、「おしゃれ（打扮時髦）」…等。這些一定得加上「お」使用的字彙，建議讀者學習時，直接將其當作一個單字背下來。

## 隨堂測驗：

01.（　）は　何ですか。
　1. ご名前　2. お名前　3. 名前です　4. 名前が

02.（　）は　どちらですか。
　1. ご学校　2. お学校　3. 学校　4. 学校の

解 01.（2）　02.（3）

# 14. そう

翻訳：是的。

説明：當問句為**封閉式問句**時，回答時，除了可以以重複問句的方式回答以外，肯定時亦可使用「そうです」來替代；否定時亦可使用「そうでは（じゃ）ありません」或「違います」來替代。

・A：山田（やまだ）さんは　学生（がくせい）ですか。（山田先生是學生嗎？）
　B：**はい**、　山田（やまだ）さんは　学生（がくせい）です。（是的，山田先生是學生。）
　（**はい**）、　そうです。（是的，就是如此。）

・A：山田（やまだ）さんは　学生（がくせい）ですか。（山田先生是學生嗎？）
　B：**いいえ**、　山田（やまだ）さんは　学生（がくせい）では（じゃ）ありません。山田（やまだ）さんは　会社員（かいしゃいん）です。
　（不，山田先生不是學生。山田先生是公司職員。）
　（**いいえ**）、　そうでは（じゃ）ありません。　山田（やまだ）さんは　会社員（かいしゃいん）です。
　（不，不是的。山田先生是公司職員。）
　（**いいえ**）、違（ちが）います。　山田（やまだ）さんは　会社員（かいしゃいん）です。
　（不，不是的。山田先生是公司職員。）

## 辨析：

本書目前雖然還沒提到以イ、ナ形容詞結尾的「形容詞句」、以及以動詞結尾的「動詞句」。但既然提到了「そう」，就不得不提這個外國人常見的誤用。「そう」只能用在針對名詞句的回答，不可使用於動詞句或形容詞句的問句。

**・A：明日（あした）、　原宿（はらじゅく）へ　行（い）きますか。**（「～へ　行きます」⇒ #38）
　**B：× はい、　そうです。**
　　**× いいえ、　そうでは（じゃ）ありません。**
　　**◯ はい、　行（い）きます。**
　　**◯ いいえ、　行（い）きません。**

・**A：そのケーキ、　美味（おい）しいですか。**

**B：× はい、　そうです。**

**× いいえ、　そうでは（じゃ）ありません。**

**○ はい、　美味（おい）しいです。**

**○ いいえ、　美味（おい）しくないです。**

此外，若問句為「～んですか」（※ 註：N4 文法⇒ #64），則亦可使用「そう」來應答。因為「～んですか」屬於名詞句。

・**A：えっ？　アメリカへ　行（い）くんですか！？**（什麼？你要去美國？）

**B：はい、　そうです。**（是的，沒錯。）

## 隨堂測驗：

01. A：デービットさんは　フランス人ですか。
　　B：いいえ、（　）。
　　1. そうです　　2. そうじゃありません
　　3. マイケルさんです　　4. フランス人です

02. A：寒いですか。
　　B：はい、　（　）。
　　1. そうです　2. そうじゃありません　3. 寒いです　4. 違います

解 01.（2） 02.（3）

# 15. ～ね

接続：句子＋ね

翻訳：① 好…喔！② …對吧。

説明：「ね」為「終助詞」，放在句子（名詞句、形容詞句、動詞句皆可）的最後。主要用於兩種情況：① 說話者認為聽話者與自己持有相同的意見，進而「**尋求聽話者的同意**」。聽話者回覆時，同意時，亦會於回覆句尾巴加上「ね」。不同意時，則不會於回覆句尾加上「ね」。此外，需特別注意的是，第 14 項文法，我們提及「そう」，用來**回答**，**表肯定**時，只能用來針對名詞句的回答。但若是使用「そうですね」來**表達自己與對方同意見**時，亦可用於回答形容詞句以及動詞句。② 說話者不太確定自己所知道的知識或者自己的判斷是否為正確，進而向「**聽話者確認**」。聽話者回覆時，認為說話者正確時，回覆句的句尾不可加上「ね」。

①・A：鈴木君（すずきくん）、　イケメンです**ね**。

（A：鈴木君好帥喔。）

B：ええ、　イケメンです**ね**。／（ええ）、　そうです**ね**。

（B：對啊，他好帥喔。）

・A：今日（きょう）は　暑（あつ）いです**ね**。

（A：今天好熱喔。）

B：ええ、　暑（あつ）いです**ね**。／（ええ）、　そうです**ね**。

（B：對啊，好熱喔。）

②・A：ここは　会議室（かいぎしつ）です**ね**。

（A：這裡是會議室，對吧。）

B：はい、　会議室（かいぎしつ）です**~~ね~~**。／ええ、　会議室（かいぎしつ）です**~~ね~~**。／ええ、　そうです**~~ね~~**。

（B：是的，這裡是會議室。）

いいえ、　違（ちが）います。　ここは　社長室（しゃちょうしつ）です。

（B：不，不是。這裡是社長室。）

・A：明日（あした）の　パーティー、　田中（たなか）さんも　来（き）ます**ね**。

（A：明天的派對，田中你也會來，對吧。）

B：はい、　行（い）きます。／ええ、　行（い）きます。／（×）はい、　そうです。

（B：是的，我會去。）

いいえ、　私（わたし）は　行（い）きません。

（B：不，我不會去。）

## 辨析：

「大変ですね」用來表達說話者對聽話者**同情**的心情，並非用來尋求同意或者確認。可當作是慣用表現記憶。

- **A：私は　毎日　働きます。**（我每天都工作。）
  **B：大変ですね。**（辛苦你了。）

## 隨堂測驗：

01. A：あの　女優、　綺麗ですね。　B：ええ、　（　）。
    1.綺麗ですよ　2.綺麗ですのね　3.そうですよ　4.そうですね

02. A：今日は　火曜日ですね。　B：はい、　（　）。
    1.火曜日ですね　2.そうですね　3.そうです　4.水曜日です

解01.（4）　02.（3）

# 16. ～よ

接続：句子＋よ
翻訳：…喔。
説明：「よ」為「終助詞」，放在句子（名詞句、形容詞句、動詞句皆可）的最後。主要用於**告知對方不知道的事情**（帶有提醒的語氣）。因此亦可用於回覆上個文法項目「～ね」的第 ② 種用法，否定時的狀況。

・財布（さいふ）、　落（お）ちました**よ**。
（錢包掉了喔。）

・その小説（しょうせつ）は、　面白（おもしろ）いです**よ**。
（那本小說很有趣喔。）

・A：それは　文法（ぶんぽう）の　本（ほん）ですか。
（A：那個是文法書嗎？）
B：いいえ、　これは　語彙（ごい）の　本（ほん）です**よ**。
（B：不，這是字彙書喔。）

・A：明日（あした）の　パーティー、　田中（たなか）さんも　来（き）ます**ね**。
（A：明天的派對，田中你也會來，對吧。）
B：いいえ、　私（わたし）は　行（い）きません**よ**。
（B：不，我不會去喔。）

## 隨堂測驗：

01. A：リョウさんは　日本人ですか。　B：いいえ、　（　）。
1. フランス人ですね　　2. フランス人ですよ
3. リョウさんですね　　4. リョウさんですよ

02. A：この　電車は　急行ですか。　B：いいえ、急行は　次の　電車です（　）。
1. よ　2. ね　3. か　4. そう

解 01.（2） 02.（1）

## 文章與對話

（在イロハ日本語學校，舊生為新生們介紹環境）

皆(みな)さん、　初(はじ)めまして、　私(わたし)は　李(イー)です。　この　学校(がっこう)の　2年生(ねんせい)です。　どうぞ、　こちらへ。　ここは　受付(うけつけ)です。　そこは　先生(せんせい)の　休憩室(きゅうけいしつ)です。　あそこは　女子(じょし)トイレです。　男子(だんし)トイレは　2階(かい)です。

---

（小陳詢問學長李先生問題）

陳(チン)：先輩(せんぱい)、　日本語(にほんご)の　教室(きょうしつ)は　どこですか。
李(イー)：日本語(にほんご)の　教室(きょうしつ)は　3階(がい)です。
陳(チン)：食堂(しょくどう)も　3階(がい)ですか。
李(イー)：いいえ、　違(ちが)います。　食堂(しょくどう)は　隣(となり)の　ビルですよ。
陳(チン)：隣(となり)の　ビルですか。　遠(とお)いですね。

陳(チン)：先輩(せんぱい)、　お名前(なまえ)は　何(なん)ですか。
李(イー)：私(わたし)の　名前(なまえ)は　李(イー)です。
陳(チン)：先輩(せんぱい)は　中国人(ちゅうごくじん)ですか。
李(イー)：いいえ、　そうでは（じゃ）ありません。　私(わたし)は　韓国人(かんこくじん)です。

## 翻譯

（在イロハ日本語學校，舊生為新生們介紹環境）

各位，初次見面，敝姓李。我是這間學校二年級的學生。請過來這裡。這裡是櫃檯（詢問處）。那裡是老師的休息室。（更遠的）那裡是女廁所。男廁所在二樓。

（小陳詢問學長李先生問題）

陳：學長，日語教室在哪裡呢？

李：日語教室在三樓。

陳：食堂也在三樓嗎？

李：不，不是。食堂在隔壁棟。

陳：在隔壁棟啊？好遠喔。

陳：學長，您貴姓。

李：我姓李。

陳：學長您是中國人嗎？

李：不，不是的。我是韓國人。

# 02 單元小測驗

1．すみません、　どこ（　）　春日先生の　研究室ですか。
1　は　　2　が　　3　か　　4　の

2．すみません、　春日先生の　研究室（　）　どこですか。
1　は　　2　が　　3　か　　4　の

3．（二選一）あなたの　教科書は　（　）ですか。
1　どこ　　2　どなた　　3　どれ　　4　どちら

4．（多選一）あなたの　教科書は　（　）ですか。
1　どこ　　2　どなた　　3　どれ　　4　どちら

5．客：すみませんが、　エレベーターは　どこですか。　店員：（　）です。
1　それ　　2　その　　3　そちら　　4　そう

6．A：この　店の　カレーライス、　美味しいですか。　B：（　）。
1　そうです　　2　そうじゃありません
3　違います　　4　美味しいです

7．A：今日は　寒いですね。　B：（　）。
1　そうです　　2　そうですね　　3　そうですよ　　4　寒いです

8．A：（あなたは）　李さんですね。　B：（　）。
1　ええ、　李です　　2　ええ、　李さんですね
3　ええ、　李さんです　　4　ええ、　そうですね

9．A：私は　毎日　10時間　働きます。　B：（　）。
1　大変です　　2　大変ですね　　3　大変ですよ　　4　そうです

10．A：（　）は　何ですか。　B：私は　銀行員です。
1　お国　　2　お名前　　3　お仕事　　4　お会社

# 第 03 單元：形容詞句

17. 日文的形容詞
18. イ形容詞的各種型態
19. ナ形容詞的各種型態
20. 名詞的各種型態
21. ～くて、～で
22. ～い＋名詞、～な＋名詞
23. ～く＋動詞、～に＋動詞
24. 特殊用法的形容詞

本單元與下一單元學習形容詞句。形容詞句的句型較名詞句多元，除了「～は　～です」以外，還有其他數種。句型的部分將於第 04 單元學習，本單元則是著重於形容詞品詞本身的肯定、否定、現在、過去、常體、敬體以及其中止形、連體（修飾名詞）及連用（修飾動詞等）的各種型態。

# 第 03 單元：形容詞句

## 17. 日文的形容詞

說明：形容詞是用來 ① 描述人、事、物的狀態、性質，或說話者對某人、事、物所抱持的印象或價值判斷等，表「屬性」的詞彙；又或者是用來 ② 表達說話者的「感情・感覺」的詞彙。而日文的形容詞，依照其活用（變化）方式，又可分成兩種類：一為「イ形容詞（又稱形容詞）」，一為「ナ形容詞（又稱形容動詞）」。

所謂的「イ形容詞」，指的就是其原形以「～い」結尾的形容詞。

所謂的「ナ形容詞」，指的就是其語幹不以「～い」結尾的形容詞。（也就是「イ形容詞」以外的形容詞都是「ナ形容詞」。原形以「～だ」結尾。）

**【イ形容詞】**

①表屬性：

・大きい、小さい、新しい、古い、近い、遠い、多い、良い…等。

②表感情・感覺：

・楽しい、悲しい、嬉しい、痒い…等。

**【ナ形容詞】**

①表屬性：

・綺麗（だ）、有名（だ）、便利（だ）、素敵（だ）、同じ（だ）、静か（だ）、賑やか（だ）、シンプル（だ）…等。

②表感情・感覺：

・不安（だ）、心配（だ）、好き（だ）、嫌い（だ）…等。

（※「嫌い」、「綺麗」為「ナ形容詞」）

形容詞除了可以放在句尾當作述語用來描述主語的屬性、感情・感覺以外，亦可拿來修飾名詞。第 18、19 項文法，我們分別針對「イ形容詞」及「ナ形容詞」，作為述語放在句尾時的肯定、否定、過去以及敬體常體來說明。

## 隨堂測驗：

01. 請選出下列何者為イ形容詞：（　）。
　1. 嫌い　2. 綺麗　3. 良い　4. 赤

02. 請選出下列何者為ナ形容詞：（　）。
　1. 元気だ　2. 学生　3. 黒　4. スポーツ

解01.（3）　02.（1）

# 18. イ形容詞的各種型態

說明：「イ形容詞」放於句尾來描述事物時，會隨著表達肯定、否定或現在過去，會有不同的型態。同時，也會隨著說話者的口氣，有「常體（普通形）」以及「敬體（丁寧形／禮貌形）」之分。原則上，「常體」用於和家人、朋友等親密的對象說話時使用；「敬體」則是用於和外人、不熟的人、上司、長輩或客戶等需要禮貌口氣的對象說話時使用。

常體的「現在式・肯定」型態稱為「原形」，在字典上刊載的就是這個型態。
敬體的「現在式・否定」以及「過去式・否定」各有兩種不同的型態。

| 常體（普通形） | | 敬體（丁寧形／禮貌形） |
|---|---|---|
| 白（しろ）い | 現在式・肯定 | 白（しろ）い**です** |
| 白（しろ）くない | 現在式・否定 | 白（しろ）くない**です**<br>白（しろ）く**ありません** |
| 白（しろ）かった | 過去式・肯定 | 白（しろ）かった**です** |
| 白（しろ）くなかった | 過去式・否定 | 白（しろ）くなかった**です**<br>白（しろ）く**ありませんでした** |

**【常體】**

・鈴木（すずき）さんは　面白（おもしろ）い。
（鈴木先生很有趣。）

・この本（ほん）は　面白（おもしろ）くない。
（這本書不有趣。）

・昨日（きのう）は　とても　暑（あつ）かった。
（昨天很熱。）

・先週（せんしゅう）は　あまり　忙（いそが）しくなかった。
（上週不怎麼忙。）

**【敬體】**

・富士山（ふじさん）は　とても　高（たか）いです。
（富士山很高。）

・今日（きょう）は　あまり　寒（さむ）くないです／寒（さむ）くありません。
（今天不怎麼冷。）

・昨日の　テストは　難しかったです。
（昨天的考試很難。）
・先週の　パーティーは　楽しくなかったです／楽しくありませんでした。
（上星期的派對不好玩。）

## 辨析：

イ形容詞敬體的過去以及否定，並無「（×）白い**でした**」、「（×）白い**ではない**」以及「（×）白い**ではありませんでした**」的形態，請留意。

## 辨析：

イ形容詞「良い／いい」（好），其常體的現在否定為「良くない」、過去肯定為「良かった」、過去否定為「良くなかった」；其敬體的現在否定為「良くないです／良くありません」、過去肯定為「良かったです」、過去否定為「良くなかったです／良くありませんでした」。

| 常體（普通形） | | 敬體（丁寧形／禮貌形） |
|---|---|---|
| 良い／いい | 現在式・肯定 | 良い**です**／いい**です** |
| 良くない | 現在式・否定 | 良くない**です**<br>良く**ありません** |
| 良かった | 過去式・肯定 | 良かった**です** |
| 良くなかった | 過去式・否定 | 良くなかった**です**<br>良く**ありませんでした** |

・この　パソコンは　良くない／良くないです／良くありません。
（這台電腦不好。）
・昨日の　映画は　良かった／良かったです。
（昨天 < 看 > 的電影很棒。）
・先週の　授業は　良くなかった／良くなかったです／良くありませんでした。
（上星期的課不好。）

イ形容詞「ない」（不、沒），其敬體的現在式為「ないです／ありません」、過去式為「なかったです／ありませんでした」。

| 常體（普通形） | | 敬體（丁寧形／禮貌形） |
|---|---|---|
| ない | 現在式 | ない**です／ありません** |
| なかった | 過去式 | なかった**です／ありませんでした** |

・私（わたし）は　お金（かね）が　ない／ないです／ありません。
（我沒有錢。）

・昔（むかし）、　ここには　コンビニが　なかった／なかったです／ありませんでした。
（這裡以前沒有便利商店。）

## 隨堂測驗：

01. この　カレーライスは　（　）。
　1. 辛くあります　2. 辛くありません　3. 辛いでした　4. 辛かったでした

02. 昨日の　試験は　（　）。
　1. 難しかった　2. 難しいでした
　3. 難しくありました　4. 難しかったでした

解 01.（2）　02.（1）

# 19. ナ形容詞的各種型態

說明：「ナ形容詞」放於句尾來描述事物時，會隨著表達肯定、否定或現在過去，會有不同的型態。同時，也會隨著說話者的口氣，有「常體（普通形）」以及「敬體（丁寧形／禮貌形）」之分。原則上，「常體」用於和家人、朋友等親密的對象說話時使用；「敬體」則是用於和外人、不熟的人、上司、長輩或客戶等需要禮貌口氣的對象說話時使用。

常體的「現在式・肯定」型態稱為「原形」，在字典上刊載的就是這個型態。
敬體的「現在式・否定」以及「過去式・否定」各有兩種不同的型態。

| **常體（普通形）** | | **敬體（丁寧形／禮貌形）** |
|---|---|---|
| 静（しず）か**だ** | 現在式・肯定 | 静（しず）か**です** |
| 静（しず）か**では（じゃ）ない** | 現在式・否定 | 静（しず）か**では（じゃ）ないです**<br>静（しず）か**では（じゃ）ありません** |
| 静（しず）か**だった** | 過去式・肯定 | 静（しず）か**でした** |
| 静（しず）か**では（じゃ）なかった** | 過去式・否定 | 静（しず）か**では（じゃ）なかったです**<br>静（しず）か**では（じゃ）ありませんでした** |

**【常體】**

・東京（とうきょう）は　とても　賑（にぎ）やかだ。
（東京很熱鬧。）

・あの先生（せんせい）は　あまり　親切（しんせつ）では（じゃ）ない。
（那個老師不怎麼親切。）

・昨日（きのう）は　暇（ひま）だった。
（昨天很閒。）

・ここは　昔（むかし）、　便利（べんり）では（じゃ）なかった。
（這裡以前不方便。）

**【敬體】**

・明菜ちゃんは　とても　綺麗です。

（明菜很漂亮。）

・ここは　あまり　静かではありません／静かじゃないです。

（這裡不怎麼安靜。）

・聖子ちゃんは　昔、　とても　有名でした。

（聖子以前很有名。）

・今度の　試験は　簡単ではありませんでした／簡単じゃなかったです。

（這次的考試不簡單。）

## 辨析：

ナ形容詞的否定時，亦可將「～では」改為「～じゃ」的形態。前者為正式的寫法，後者為口語縮約形的講法。

## 隨堂測驗：

01. 昨日は　（　）。

1. 暇じゃないでした　　2. 暇じゃなかったでした
3. 暇じゃなかったです　　4. 暇じゃありましたです

02. 京子ちゃんは　昔、　（　）。

1. きれいでした　　2. きれかったです
3. きれいかったです　　4. きれいだったです

解01.（3）　02.（1）

# 20. 名詞的各種型態

說明：雖然本單元主要學習「形容詞」，但由於「名詞」放於句尾來描述事物時，其肯定、否定、現在或過去、常體（普通形）或敬體（丁寧形／禮貌形）皆與「ナ」形容詞相同，故一併在此介紹。

| 常體（普通形） | | 敬體（丁寧形／禮貌形） |
|---|---|---|
| 学生（がくせい）だ | 現在式・肯定 | 学生（がくせい）です |
| 学生（がくせい）では（じゃ）ない | 現在式・否定 | 学生（がくせい）では（じゃ）ないです<br>学生（がくせい）では（じゃ）ありません |
| 学生（がくせい）だった | 過去式・肯定 | 学生（がくせい）でした |
| 学生（がくせい）では（じゃ）なかった | 過去式・否定 | 学生（がくせい）では（じゃ）なかったです<br>学生（がくせい）では（じゃ）ありませんでした |

**【常體】**

・私（わたし）は　学生（がくせい）だ。

（我是學生。）

・ここは　事務所（じむしょ）（では）じゃない。

（這裡不是辦公室。）

・豊洲（とよす）は　昔（むかし）、　海（うみ）だった。

（豐洲以前是海。）

・ここは　昔（むかし）、　映画館（えいがかん）では（じゃ）なかった。

（這裡以前不是電影院。）

**【敬體】**

・これは　本（ほん）です。

（這是書。）

・春日（かすが）さんは　会社員（かいしゃいん）ではありません／会社員（かいしゃいん）じゃないです。

（春日先生不是公司員工。）

・山本（やまもと）さんは　昔（むかし）、　会社（かいしゃ）の　社長（しゃちょう）でした。

（山本以前是公司的社長。）

・台北（タイペイ）は　昔（むかし）、　首都（しゅと）ではありませんでした／首都（しゅと）じゃなかったです。

（台北以前不是首都。）

## 隨堂測驗：

01. 沖縄は　昔、　日本（　）。
　　1. じゃだった　2. じゃなかった　3. じゃないでした　4. じゃないだった

02. 王さんは　昔、　イロハ日本語学校の　学生（　）。
　　1. だった　2. かった　3. あった　4. くなかった

解01.（2）　02.（1）

# 21. ～くて、～で

接続：イ形容詞~~い~~＋くて　ナ形容詞~~だ~~＋で

翻訳：既…又…。又…而且（又）…。

説明：若想要使用兩個以上的形容詞，來描述主語的特徵時，則必須將第一個形容詞改為中止形。「イ形容詞」的中止形改法，為去掉現在肯定結尾的「～い」改為「～くて」。例：「高**い**」→「高**くて**」。「ナ形容詞」的中止形改法，則是將現在肯定結尾的「～だ」改為「～で」。例：「静か**だ**」→「静か**で**」。

（※ 註「いい」→「よくて」）

**【イ形容詞】**

- このかばんは、小（ちい）さくて　軽（かる）いです。

（這個包包既小又輕。）

- この部屋（へや）は、狭（せま）くて　暗（くら）いです。

（這個房間又窄又暗。）

- 鈴木（すずき）さんは、若（わか）くて　元気（げんき）です。

（鈴木先生既年輕，又有精神。）

- 春日（かすが）さんは、頭（あたま）が　良（よ）くて　かっこいいです。

（春日先生頭腦很棒，而且又帥。）

**【ナ形容詞】**

- あの先生（せんせい）は、有名（ゆうめい）で　親切（しんせつ）です。

（那個老師很有名，而且很親切。）

- この部屋（へや）は、静（しず）かで　良（よ）いです。

（這個房間很安靜，很棒。）

- 東京（とうきょう）は、賑（にぎ）やかで　便利（べんり）です。

（東京既熱鬧又方便。）

- ハワイは、海（うみ）が　綺麗（きれい）で　天気（てんき）が　良（よ）いです。

（夏威夷，海很漂亮天氣又棒。）

## 辨析：

「名詞」亦可改為中止形，用來描述主語的身份、特徵等。改法與「ナ形容詞」一樣，翻譯可譯為「是…，（同時）也是…。」

**・春日(かすが)さんは、　日本人(にほんじん)で　東京大学(とうきょうだいがく)の　学生(がくせい)です。**

（春日先生是日本人，也是東京大學的學生。）

**・濱川(はまかわ)さんは、　30 歳(さい)で　独身(どくしん)です。**

（濱川先生 30 歲，單身。）

## 辨析：

中止形用於「順接」的語境上，兩個形容詞必須都是正面，或都是負面的，不可使用於「逆接」（一好一壞，或一壞一好）的語境上。

**○ この部屋(へや)は、　広(ひろ)くて　明(あか)るいです。**

（這個房間既寬廣又明亮。）

**× この部屋(へや)は、　広(ひろ)くて　暗(くら)いです。**

「逆接」語境必須使用接續助詞「～が」。（「～が」⇒ #67）

**○ この部屋(へや)は、　広(ひろ)いですが　暗(くら)いです。**

（這個房間很寬廣，但是很暗。）

## 隨堂測驗：

01. 今日は　天気が　（　）、　暖かいです。
    1. いくて　2. いいで　3. よくて　4. よいで

02. この　公園は　（　）、　静かです。
    1. きれくて　2. きれいくて　3. きれいで　4. きれいだって

解 01.（3）02.（3）

# 22. ～い＋名詞、～な＋名詞

接続：イ形容詞い＋名詞　ナ形容詞な＋名詞
翻訳：（視情況可翻譯為）的…。
説明：第 18、19 項文法項目，介紹了形容詞放在句尾當作述語，來敘述主語的性質或狀態等。而形容詞除了可以放在句尾當作述語外，亦可放在名詞的前方來修飾名詞，說明此名詞的性質或狀態等（此修飾方式又稱為「連體修飾」）。

「イ形容詞」的現在肯定，使用「～い」的結尾即可修飾名詞；
「ナ形容詞」的現在肯定，則是需要將「～だ」改為「～な」，才可用來修飾名詞。

**【イ形容詞】**

・高尾山は　高い山です。
（高尾山是高山。）
・鈴木さんは　面白い人です。
（鈴木先生是有趣的人。）
・新しいパソコンが　欲しいです。（「～が　欲しい」⇒ #25）
（我想要新的電腦。）
・赤いかばんを　買いました。（「～を　買います」⇒ #44）
（我買了紅色的包包。）
・山田さんは　背が　高くて、　かっこいい男です。
（山田先生是個身高又高，長得又帥的男生。）

**【ナ形容詞】**

・TiN 先生は　有名な先生です。
（TiN 老師是有名的老師。）
・目白は　静かな町です。
（目白是安靜的地方。）
・昨日、　高級なレストランで　食事を　しました。
（昨天在高級餐廳吃了飯。）
・あの　綺麗な女性は　誰ですか。
（那個漂亮的女生是誰呢？）
・ここは　静かで、　緑が　多い町です。
（這裡是個既安靜，綠色植物又豐富的地區。）

## 辨析：

名詞的連體修飾（名詞修飾名詞）時，與「ナ形容詞」不同，不是使用「名詞**な**＋名詞」，而是使用「名詞**の**＋名詞」的方式。

- **静かな** **部屋**。（安靜的房間。）
- **私の** **部屋**。（我的房間。）

## 辨析：

「イ形容詞」與「ナ形容詞」的現在否定、過去肯定與過去否定亦可直接使用其常體來修飾名詞（不可使用敬體來修飾名詞），但不屬於 N5 檢定考範圍，讀者僅需了解即可。

- **大きくない** **かばん**。（不大的包包。）
- **楽しかった** **パーティー**。（快樂的派對。）
- **面白くなかった** **映画**。（不有趣的電影。）

- **親切じゃない** **先生**。（不親切的老師。）
- **暇だった** **日曜日**。（很閒的星期天。）
- **便利じゃなかった** **町**。（不方便的城鎮。）

## 隨堂測驗：

01. 田中さんは　（　）人。
　1. 面白な　2. 面白い　3. 面白いの　4. 面白の

02. （　）食べ物は　何ですか。
　1. きらいな　2. きらい　3. きらいの　4. きらの

解 01.（2） 02.（1）

# 23. ～く＋動詞、～に＋動詞

接続：イ形容詞~~い~~く＋動詞　ナ形容詞に＋動詞
翻訳：（視情況可翻譯為）地…。　（視情況可翻譯為）中文動詞＋得。
説明：形容詞除了可以放在名詞的前方，來修飾名詞以外，亦可放在動詞的前方來修飾動詞，藉以更具體地說明此動作或狀態的實現方式（此修飾方式又稱為「連用修飾」或「副詞形」）。（※ 註：關於動詞，請參考第 05 單元第 35 項文法的說明。）

「イ形容詞」修飾動詞時，必須將現在肯定結尾的「～い」改為「～く」。
例：「高**い**」→「高**く**」。
「ナ形容詞」修飾動詞時，則是必須將現在肯定結尾的「～だ」改為「～に」。
例：「静か**だ**」→「静か**に**」。

**【イ形容詞】**

・今日(きょう)は　早(はや)**く**　帰(かえ)ります。
（今天要早點回家。）

・この花(はな)は　遅(おそ)**く**　咲(さ)きます。
（這個花很晚開。）

・家(いえ)を　高(たか)**く**　売(う)りました。
（我把房子賣得很貴。）

・野菜(やさい)を　細(こま)か**く**　切(き)ります。
（把菜切得很細。）

**【ナ形容詞】**

・静(しず)か**に**　寝(ね)ます。
（安靜地睡覺。）

・真面目(まじめ)**に**　働(はたら)きます。
（認真地工作。）

・この財布(さいふ)を　大事(だいじ)**に**　使(つか)います。
（妥善地使用這個錢包。）

・部屋(へや)を　綺麗(きれい)**に**　掃除(そうじ)します。
（把房間掃乾淨。）

## 隨堂測驗：

01. 今日は　（　）　寝ます。

　　1.早い　2.早いに　3.早く　4.早いな

02. （　）　遊びます。

　　1.元気に　2.元気な　3.元気の　4.元気

解01.（3）02.（1）

# 24. 特殊用法的形容詞

說明：日文中，有些形容詞的活用（變化）與前述的文法規則不同，屬於特殊用法的形容詞。本項文法舉出六點給讀者參考：

①イ形容詞「大きい、小さい、おかしい」，修飾名詞時，除了使用「大きい＋名詞、小さい＋名詞、おかしい＋名詞」以外，亦有「大きな＋名詞、小さな＋名詞、おかしな＋名詞」的用法，如：「大きな顔、小さな夢、おかしな事件」…等。

「大きな～、小さな～、おかしな～」又稱作連體詞。一般而言，具體物使用「大きい＋名詞、小さい＋名詞、おかしい＋名詞」，抽象物則使用連體詞「大きな＋名詞、小さな＋名詞、おかしな＋名詞」，如：「大きいかばん」（具體物）、「小さな夢」（抽象物）但「大きなかばん、小さい夢」也並非錯誤，因此並不是絕對的規則。

②イ形容詞「近い、遠い」修飾名詞時，除了使用「近い＋名詞、遠い＋名詞」以外，亦有「近くの＋名詞、遠くの＋名詞」的用法，如：「近くのレストラン、遠くの店」…等。

「近くの～、遠くの～」翻譯為「（某處）附近、遠處」。
當欲表達「到附近的超市」這種「以某處為基準，在其附近」的語境時，不可使用「近い＋名詞」。

・家（いえ）の　（○近（ちか）くの／×近（ちか）い）スーパーまで　買（か）い物（もの）に　行（い）きます。
（我要去我家附近的超市買東西。）

「遠くの～」則多半單獨使用，表達「遠處、遠方」之意，不會講出基準點。

・× 家（いえ）の　遠（とお）くの　スーパーまで　買（か）い物（もの）に　行（い）きます。
○ 遠（とお）くの　スーパーまで　買（か）い物（もの）に　行（い）きます。
（去遠處的超市買東西。）

「近い＋名詞、遠い＋名詞」則翻譯為「離（某處）很近／很遠」，用於表達被修飾名詞的性質，多會與助詞「から／に」併用。因此當你要表達「離車站很遠的房子」這種敘述房子本身條件性質的語境時，不可使用「近くの＋名詞、遠くの＋名詞」。

・駅から　（×遠くの／○遠い）　家は　不便です。（「～から　近い／遠い」⇒ #26）

（離車站遠的房子很不方便。）

此外，距離某處近，可使用助詞「に」或「から」。但距離某處遠，只可使用助詞「から」。

・私の　家は　駅（○に／○から）　近いです。

・私の　家は　駅（×に／○から）　遠いです。

③イ形容詞「多い」修飾名詞時，除了使用「多い＋名詞」以外，亦有「多くの＋名詞」的用法，如：「多くの人」…等。

表達「人的數量很多」時，僅可使用「多くの人」。表達「此人的性質，是具有很多某物品、某特徵」時，僅可使用「～が　多い人」。

・（○多くの／×多い）人が　新型コロナに　感染して　亡くなりました。

（很多人死於武漢肺炎。）

・港区では　給料が　（×多くの／○多い）人が　たくさん　います。

（在港區，薪水很高的人大有人在。）

④イ形容詞「いい」，其現在肯定亦可使用「良い（よい）」的型態。但現在否定、過去肯定以及過去否定，則僅有「よくない、よかった、よくなかった」的型態。

⑤ナ形容詞「同じだ」，修飾名詞時，不可使用「同じな＋名詞」，僅使用「同じ＋名詞」。例：「同じ物」。

⑥ナ形容詞「好きだ、嫌いだ」，其表示對象時所使用的助詞，原則上使用「～が」，但若出現於從屬子句內，且子句內有主體「～が」時，則喜歡／厭惡的對象反倒會使用「～を」。

（※ 註：此為 N4 範圍，可先忽略不管。）

・私は　彼（○が／？を）　好きだ。（「～が　好きだ／嫌いだ」⇒ #25）

（我喜歡他。）

・彼**が**私（？が／○**を**）好きだという根拠はどこにもない。

（沒有任何證據顯示他喜歡我。）

・彼女は　野菜（○が／？を）　嫌いです。

（她討厭蔬菜。）

・彼女**が**父親（？が／○**を**）嫌いになった理由がわかった。

（我終於知道她討厭父親的理由了。）

## 隨堂測驗：

01. その　（　）かばんは　誰の　ですか。
　1.大き　2.大きいな　3.大きいの　4.大きな

02. これと　あれは　（　）物です。
　1.同じい　2.同じ　3.同じな　4.同じの

解01.（4）　02.（2）

## 文章與對話

（房仲在為留學生介紹房子）

こちらの　池袋の　部屋は　広いです。　そして、　駅に　近いです。　家賃は　20万円です。　こちらの　目白の　部屋は　狭いです。　家賃は　10万円です。　安いです。でも、　駅から　遠いです。（「でも」⇒ #70）　池袋は　賑やかで、　便利な　町です。目白は　緑が　多くて、　素敵な　町です。

（小陳跟小林討論要租哪一間房子）

陳：昨日、　池袋へ　行きました。（「～へ　行きます」⇒ #38）
林：どんな　町でしたか。
陳：うるさい　町でした。　私は　好きでは（じゃ）ありませんでした。
林：そうですか。
　　私も　うるさい　町は　嫌いです。　毎日　早く　寝ますから…。（「～から」⇒ #66）
　　私は　昨日、　目白へ　行きました。　近くの　おとめ山公園は　広くて　静かでした。
陳：へえ、　私は　大きな　公園が　大好きです。
林：それでは（じゃ）、　決まりですね。

## 翻譯

（房仲在為留學生介紹房子）

這間池袋的房子很寬廣。然後離車站也近。房租 20 萬日圓。這間目白的房子很狹小。房租 10 萬日圓。很便宜。但是離車站很遠。池袋很熱鬧，很方便。目白則是個綠意盎然，很棒的地方。

（小陳跟小林討論要租哪一間房子）

陳：昨天我去了池袋。

林：那是個怎樣的地方呢？

陳：很吵的地方。我不喜歡。

林：是喔。我也討厭吵雜的地方。因為我每天都早睡。

我昨天去了目白。附近的御留山公園既寬廣又安靜。

陳：是喔，我最喜歡大公園了。

林：那，就決定這一間（目白）了！

# 03 單元小測驗

1．去年の　日本語能力試験は　（　）。
　1　難しかっだ　2　難しくなかった　3　難しいだった　4　難しくたった

2．学校の　近くの　レストランは　味が　（　）。
　1　よくない　2　いくない　3　いいない　4　よいでした

3．去年　パリへ　行きました。　素敵な　町（　）。
　1　だったです　2　かったです　3　でした　4　ました

4．聖子ちゃんは　歌が　（　）、　美人です。
　1　上手で　2　上手に　3　上手だ　4　上手くて

5．仕事が　休み（　）　日は　洗濯します。
　1　です　2　でした　3　な　4　の

6．日曜日は　いつも　（　）　起きます。
　1　早いで　2　早く　3　早に　4　早くて

7．新しいパソコンは　（　）、　いいです。
　1　速いで　2　速く　3　速に　4　速くて

8．駅の　（　）　レストランは　美味しく　ありません。
　1　近い　2　近いの　3　近く　4　近くの

9．駅から　（　）　アパートは　便利です。
　1　近い　2　近いの　3　近く　4　近くの

10．あれと　（　）料理を　ください。
　1　同じ　2　同じな　3　同じの　4　同じく

04

# 第 04 單元：形容詞句的句型

25. ～は　～が　形容詞
26. ～は　～に／から　形容詞
27. ～は　～より　（～が）　形容詞
28. ～と　～と　どちらが　（～が）　形容詞
29. ～で　～が　一番　（～が）　形容詞

上一個單元主要學習形容詞的各種活用型態，而本單元則是介紹 N5 考試當中，形容詞句常見的句型。第 25 項句型「～は　～が　形容詞」以及第 26 項句型「～は　～に／から　形容詞」已於上一單元的例句中出現，本單元則是針對這兩個句型更全方位地解說。第 27 ～ 29 項句型則是學習兩個物品或三個物品以上互相比較的「比較表現」。

# 第 04 單元：形容詞句的句型

## 25. ～は　～が　形容詞

接続：名詞＋は　名詞＋が

翻訳：① 喜歡／討厭…。②…很棒／很差。③ 想要／不想要…。

説明：本句型主要用於下列三種情況：① 使用形容詞「好きだ、嫌いだ」來表達喜歡或討厭的對象時，主體（主語）使用助詞「～は」，而對象則使用助詞「～が」。② 使用形容詞「上手だ、下手だ」來表達他人對某事物擅長或不擅長，或自己對於某事物不擅長時，主體（主語）使用助詞「～は」，而對象亦使用助詞「～が」（※ 註：「上手だ」鮮少用於描述自己對某事很擅長，一般描述自己擅長於某事物時會使用「得意だ」一詞）。③ 使用形容詞「欲しい」來表達想要的物品時，主體（主語）使用助詞「～は」，而想要的對象也是使用助詞「～が」（※ 註：「欲しい」僅能用於說話者自身第一人稱想要的物品，或詢問聽話者第二人稱想要的物品，不可使用於第三人稱）。

①・私は　あなたが　好きです。

（我喜歡你。）

・私は　韓国料理が　あまり　好き（では）じゃありません。

（我不怎麼喜歡韓國料理。）

・私は　賑やかな　ところが　とても　嫌いです。

（我非常討厭熱鬧的地方。）

・子供の頃、（私は）日本の　アニメが　大好きでした。

（我小時候很喜歡日本動畫。）

②・田村さんは　歌が　とても　上手です。

（田村先生歌唱得很棒。）

・マイクさんは　日本語が　あまり　上手（では）じゃありません。

（麥克先生日文不怎麼好。）

・鈴木さんは　絵が　下手です。

（鈴木先生畫畫得不好。）

・私は　料理が　下手です。

（我料理做得很差。）

③・私(わたし)は　新(あたら)しい　パソコンが　欲(ほ)しいです。

（我想要新的電腦。）

・私(わたし)は　車(くるま)が　あまり　欲(ほ)しくないです／欲(ほ)しくありません。

（我不怎麼想要車子。）

・A：どれが　欲(ほ)しい？

（A：你想要哪個？）

B：これが　欲(ほ)しい／いい。

（B：我想要這個。）

・A：どんな　かばんが　欲(ほ)しいですか。

（A：你想要怎樣的包包呢？）

B：小(ちい)さくて、　軽(かる)い　かばんが　欲(ほ)しいです。

（B：我想要又小又輕的包包。）

## 隨堂測驗：

01. 私は　あなた（　）　大嫌いです。

　1. は　2. が　3. の　4. に

02. 山田さんは　英語が　（　）　上手じゃない。

　1. とても　2. あまり　3. たくさん　4. 多くの

解 01.（2）　02.（2）

# 26. ～は　～に／から　形容詞

接続：名詞＋は　名詞＋に／から

翻訳：離…很近／很遠。

説明：本項文法學習形容詞「近い（近）」與「遠い（遠）」的用法。① 當我們使用「近い」來表達距離近時，此場所會使用助詞「～に」或「～から」。② 當我們使用「遠い」來表達距離遠時，此場所會使用助詞「～から」（※ 註：表達「遠」時，不可使用助詞「～に」）。

①・このマンションは　駅（○に／○から）　近いです。

（這間華廈大樓離車站很近。）

・駅（○に／○から）　近い　マンションは　便利です。

（離車站近的華廈大樓很方便。）

②・あのアパートは　駅（×に／○から）　遠いです。

（那棟木造公寓離車站很遠。）

・駅（×に／○から）遠い　アパートは　不便です。

（離車站很遠的木造公寓不方便。）

## 辨析：

關於「近くの～」、「～遠くの」的用法，請參照第 24 項文法的第②項用法。

## 隨堂測驗：

01. 私の　家は　駅（　）　遠いです。

　　1. に　2. から　3. が　4. の

02. 私は　学校の　（　）　中華料理店の　チャーハンが　好きです。

　　1. 近い　2. 近くの　3. 遠い　4. 遠くの

解 01.（2） 02.（2）

# 27. ～は　～より　（～が）　形容詞

接続：名詞＋は　名詞＋より　（名詞＋が）

翻訳：比…。

説明：本項文法學習「比較」的講法。① 當我們要比較兩事物時，比較的基準會使用助詞「～より」。若比較過去的事情與現在的事情，句末的時制必須跟著主語「～は」的部分。② 此句型亦可在形容詞的前方，加上助詞「～が」來敘述對象或更具體的細節部分。

①・鈴木（すずき）さんは　木村（きむら）さんより　かっこいいです。

（鈴木先生比木村先生帥。）

・**今日**（きょう）は　昨日（きのう）より　**寒い**（さむい）ですね。

（今天比起昨天冷。）

・**去年**（きょねん）は　今年（ことし）より　**忙しかった**（いそがしかった）です。

（去年比起今年忙。）

②・象（ぞう）は　天狗（てんぐ）より　鼻（はな）が　長（なが）いです。

（大象鼻子比天狗長。）

・東京（とうきょう）は　ニューヨークより　人（ひと）が　多（おお）いです。

（東京比紐約人還要多。）

・この　マンションは　あの　アパートより　部屋（へや）が　狭（せま）いです。

（這間華廈大樓比起那間公寓房間還要小。）

## 隨堂測驗：

01. 昨日は　今日より　（　）。

1. 暑いです　2. 暑かったです　3. 暑いだ　4. 暑かっただ

02. 中野は　吉祥寺より　人（　）　多いです。

1. に　2. より　3. が　4. から

解01.（2）　02.（3）

## 28. ～と　～と　どちらが　（～が）　形容詞

接続：名詞＋と　（名詞＋が）

翻訳：（這兩者）哪個比較…。

説明：本項文法學習「詢問兩者之間比較」的講法。① 當我們要詢問兩事物之間的比較時，可使用「ＡとＢと　どちらが　形容詞」的形式，來詢問Ａ、Ｂ兩件事物，其性質上的優劣、大小、長短、多寡…等。回覆時，會以「～のほうが」的形式回答。若欲表示兩者相當，可使用「どちら**も**　形容詞」的形式來回答。② 此句型亦可在形容詞的前方，加上助詞「～が」來敘述對象或更具體的細節部分。

①・Ａ：この傘（かさ）と　その傘（かさ）と　どちらが　軽（かる）いですか。

（Ａ：這把傘跟那把傘，哪把比較輕？）

Ｂ：そうですね。この傘（かさ）の　ほうが　軽（かる）いです。

（Ｂ：嗯，這把比較輕。）

・Ａ：春（はる）と　秋（あき）と　どちらが　好（す）きですか。

（Ａ：春天跟秋天你喜歡哪一個？）

Ｂ：秋（あき）の　ほうが　好（す）きです。

（Ｂ：我比較喜歡秋天。）

・Ａ：うどんと　そばと　どちらが　美味（おい）しいですか。

（Ａ：烏龍麵跟蕎麥麵哪個比較好吃？）

Ｂ：どちら**も**　美味（おい）しいです。

（Ｂ：兩個都很好吃。）

②・Ａ：東京（とうきょう）と　大阪（おおさか）と　どちらが　人（ひと）が　多（おお）いですか。

（Ａ：東京跟大阪那裡人比較多？）

Ｂ：東京（とうきょう）の　ほうが　人（ひと）が　多（おお）いです。

（Ｂ：東京人比較多。）

・Ａ：春日（かすが）さんと　小林（こばやし）さんと　どちらが　英語（えいご）が　上手（じょうず）？

（Ａ：春日跟小林，誰的英文比較好？）

Ｂ：春日（かすが）さんの　ほうが　（英語（えいご）が）　上手（じょうず）よ。

（Ｂ：春日比較厲害喔。）

## 隨堂測驗：

01. A：聖子ちゃん（　）　明菜ちゃん（　）　どちら（　）　歌（　）上手ですか。
    1. と／が／と／が　　2. が／と／が／と
    3. の／の／が／が　　4. と／と／が／が

02. B：（　　）　上手ですよ。
    1. 聖子ちゃんが　2. 明菜ちゃんが　3. どちらが　4. どちらも

解01.（4）　02.（4）

# 29. ～で　～が　一番（いちばん）（～が）　形容詞

接続：名詞＋（の中）で　名詞／疑問詞＋が
翻訳：這些事物當中，哪個比較…。
説明：本項文法學習「詢問三者以上比較」的講法。①當我們要詢問一個特定範疇內（三事物以上）的比較時，可使用「～（の中）で　疑問詞が　一番　形容詞」的形式，來詢問這裡面，哪個最為優、劣、大、小、長、短、多、寡…等。回覆時，會以「～が　一番　形容詞」的形式回答。②此句型亦可在形容詞的前方，加上助詞「～が」來敘述對象或更具體的細節部分。

①・A：スポーツで　何（なに）が　一番（いちばん）　好（す）きですか。
（A：運動當中，你最喜歡什麼呢？）
B：野球（やきゅう）が　一番（いちばん）　好（す）きです。
（B：我最喜歡棒球。）
・A：１年（ねん）で　いつが　一番（いちばん）　暑（あつ）いですか。
（A：一年當中，什麼時候最熱？）
B：８月（がつ）が　一番（いちばん）　暑（あつ）いです。
（B：八月最熱。）

・A：あの　メーカーの　スマホの　**中（なか）で**　どれが　一番（いちばん）　いいですか。
（A：那個製造商所出的智慧型手機中，哪一支最好呢？）
B：これが　一番（いちばん）　いいです。
（B：這一支最好。）
・A：果物（くだもの）の　**中（なか）で**　何（なに）が　一番（いちばん）　美味（おい）しいですか。
（A：水果當中，什麼最好吃？）
B：バナナが　一番（いちばん）　美味（おい）しいです。
（B：香蕉最好吃。）
・A：外国語（がいこくご）の　**中（なか）で**　何語（なにご）が　一番（いちばん）　難（むずか）しいですか。
（A：外語當中，哪種語言最難？）
B：中国語（ちゅうごくご）が　一番（いちばん）　難（むずか）しいです。
（B：中文最難。）

## 辨析：

「～で」的前方若為表場所的名詞時，則一般不會使用「～の中」（但加上也不算錯誤）。

**・日本（○で／？の中で） 東京が 一番 賑やかです。**

（日本當中，東京最熱鬧。）

「～で」的前方若為表人數時，則一般會加上「～の中」（但不加也不算錯誤）。

**・この 4人（？で／○の中で） マイケルさんが 一番 ハンサムです。**

（這四人當中，麥可最英俊。）

其餘的情況有無「～の中」皆可。

**・果物（○で／○の中で） バナナが 一番 美味しいです。**

（水果當中，香蕉最好吃。）

②・A：日本で どこが 一番 人が 多いですか。

（A：日本當中，哪裡人最多。）

B：東京が 一番 人が 多いです。

（B：東京人最多。）

・A：クラスで 誰が 一番 背が 高いですか。

（A：班上誰身高最高？）

B：マイケルさんが 一番 背が 高いです。

（B：麥可身高最高。）

## 隨堂測驗：

01. 私は 1年（ ） 11月が 一番 好きです。

1.が 2.で 3.を 4.に

02. A：動物の 中で 何が 一番 鼻が 長いですか

B：象（ ） 一番 鼻が 長いです。

1.のほうが 2.の中で 3.が 4.で

解01.（2） 02.（3）

## 文章與對話

（管理員為新搬入的留學生介紹附近商家）

この　アパートは　スーパーに　近くて、　便利ですよ。　私は　その　スーパーの　お弁当が　好きです。　天丼が　一番　美味しいです。　駅の　近くの　天丼屋より　美味しいです。　その　スーパーの　隣は　喫茶店です。　そこの　コーヒーは　まずいです。自動販売機の　缶コーヒーより　味が　ひどいです。　でも、　店員は　親切で、　話がとても　上手です。

（兩位留學生討論附近商家）

陳　：昨日　その　喫茶店へ　行きました。（「行きます」⇒ #38）
林　：どうでしたか。
陳　：コーヒーは　美味しく　なかったですが、　ケーキは　美味しかったです。
（「は」⇒ #47；「～が」⇒ #67）
林　：学校の　近くの　ケーキ屋さんの　ケーキと　その　喫茶店の　ケーキと、どちらが　美味しいですか。
陳　：どちらも　美味しいですよ。

林　：あっ、もう　12 時ですね。　管理人さん、　この　近くの　レストランでどこが　一番　料理が　美味しいですか。
管理人：どこも　美味しいですよ。　でも、　私は　「やよい軒」という　食堂が　一番好きです。（「A という B」⇒「叫做 A 的 B」之意。）

## 翻譯

（管理員為新搬入的留學生介紹附近商家）

這個公寓離超市很近，很方便喔。我喜歡那間超市的便當。天丼（炸蝦蓋飯）最好吃。比車站附近的天丼專門店更好吃。那間超市的隔壁是咖啡店。那裡的咖啡很難喝。比自動販賣機的罐裝咖啡的味道還糟。但是店員很親切，很會講話。

（兩位留學生討論附近商家）

陳　　：昨天我去了那間咖啡店。

林　　：如何呢？

陳　　：咖啡不好喝，但蛋糕很好吃。

林　　：學校附近的蛋糕店跟那間咖啡店的蛋糕，哪個比較好吃。

陳　　：都很好吃。

林　　：啊，已經 12 點了。管理員先生，請問這附近的餐廳，哪一間料理最美味呢？

管理員：每間都很好吃喔。但我最喜歡那間叫做「彌生軒」的食堂。

# 04 單元小測驗

1. 私は　新しい車（　）　欲しいです。
   1　と　　2　が　　3　で　　4　の

2. A：（　）かばんが　欲しいですか。　B：あの　赤い　かばんが　欲しいです。
   1　どれ　　2　どちら　　3　どんな　　4　どの

3. 中野（　）　吉祥寺（　）　家賃（　）　高いです。
   1　は／が／より　　2　は／より／が
   3　より／が／は　　4　が／は／より

4. A：中野（　）　吉祥寺（　）　どちら（　）　環境（　）　いいですか。
   1　と／と／が／が　　2　と／が／と／が
   3　が／が／と／と　　4　が／と／が／と

5. （延續上一題）B：吉祥寺（　）　環境（　）　いいです。
   1　は／が　　2　が／は　　3　のほうが／が　　4　のほうは／は

6. 兄弟（　）　誰が　一番　背が　高いですか。
   1　は　　2　で　　3　が　　4　より

7. 世界で　（　）が　一番　好きですか。
   1　どちら　　2どれ　　3　どこ　　4　どの

8. 春日さん（　）　クラスの　中で　一番　英語（　）　上手です。
   1　は／が　　2　が／は　　3　は／は　　4　より／が

9. 郵便局の　隣は　カレー屋です。私は　（　）の　カレーが　大好きです。
   1　ここ　　2　そこ　　3　あそこ　　4　どこ

10. 東京は　便利です（　）、　家賃が　高いです。
   1　ね　　2　よ　　3　で　　4　が

05

# 第 05 單元：時間與日期

30. 數字
31. ～時　～分
32. ～月　～日　～曜日
33. 期間
34. ～から、～まで、～と（並列）
35. 動詞與它的ます形
36. ～に（時間點）
37. 動詞敬體的肯定否定與過去

本單元學習日文數字的講法，並學習如何應用於講述時間、日期、以及一段期間。後半段則是正式進入日文動詞的領域。不同於第 03 單元所學習的形容詞與名詞，動詞的常體在變化（活用）上較為複雜，因此本課僅先學習「敬體」部分。動詞常體則是會在第 11 單元後才開始依序學習。

# 30. 數字

翻訳：同日文阿拉伯數字。

說明：日文的數字，個位數時，需注意「4」、「7」以及「9」，各有兩種唸法。本項文法學習日文數字的講法，小數點、分數、以及電話號碼時亦有特殊念法，詳細請看下方表格及說明。

日文的數字，由 1 ～ 10 時，有兩種數法。「0」則唸為「ゼロ」或「れい」。

| 1 | いち | ひとつ | 6 | ろく | むっつ |
|---|---|---|---|---|---|
| 2 | に | ふたつ | 7 | なな／しち | ななつ |
| 3 | さん | みっつ | 8 | はち | やっつ |
| 4 | よん／し | よっつ | 9 | きゅう／く | ここのつ |
| 5 | ご | いつつ | 10 | じゅう | とお |

日文的數字，11 ～ 20 時，則是應用上表左邊的數法組合應用。

| 11 | じゅういち | 16 | じゅうろく |
|---|---|---|---|
| 12 | じゅうに | 17 | じゅうなな／じゅうしち |
| 13 | じゅうさん | 18 | じゅうはち |
| 14 | じゅうよん／じゅうし | 19 | じゅうきゅう／じゅうく |
| 15 | じゅうご | 20 | にじゅう |

日文的數字，十位數 30 ～ 99 時，則是依照下表，先講出十位數字，再講出個位數字。

| 30 | さんじゅう | 70 | ななじゅう（しちじゅう較少用） |
|---|---|---|---|
| 40 | よんじゅう（しじゅう較少用） | 80 | はちじゅう |
| 50 | ごじゅう | 90 | きゅうじゅう（× くじゅう） |
| 60 | ろくじゅう | 99 | きゅうじゅうきゅう |

日文的數字，百位數100～999時，必須注意300、600、800時，「百」以及其前方數字的發音。

| 100 | ひゃく（× いちひゃく） | 600 | ろっ**ぴ**ゃく |
|---|---|---|---|
| 200 | にひゃく | 700 | ななひゃく（× しちひゃく） |
| 300 | さん**び**ゃく | 800 | はっ**ぴ**ゃく |
| 400 | よんひゃく（× しひゃく） | 900 | きゅうひゃく（× くひゃく） |
| 500 | ごひゃく | 999 | きゅうひゃくきゅうじゅうきゅう |

日文的數字，千位數1000～9999時，必須注意3000時，「千」的發音必須濁音，以及8000時，「八」的發音必須促音。1000時，多使用「せん」，較少使用「いっせん」。

| 1000 | せん（× いちせん／◯いっせん） | 6000 | ろくせん |
|---|---|---|---|
| 2000 | にせん | 7000 | ななせん（× しちせん） |
| 3000 | さん**ぜ**ん | 8000 | は**っ**せん |
| 4000 | よんせん（× しせん） | 9000 | きゅうせん（× くせん） |
| 5000 | ごせん | 9999 | きゅうせんきゅうひゃくきゅうじゅうきゅう |

日文的數字，「萬」以上的單為同整如下：

| 万 | まん | 十億 | じゅうおく |
|---|---|---|---|
| 十万 | じゅうまん | 百億 | ひゃくおく |
| 百万 | ひゃくまん | 千億 | せんおく |
| 千万 | せんまん | 兆 | ちょう（$10^{12}$） |
| 億 | おく | 京 | けい／きょう（$10^{16}$） |

「1/2」唸作「にぶんのいち」；「0.5」唸作「れいてんご」，小數點兩位以下的數字必須變成長音，如「0.25」唸作「れいてん**にいごう**」。

電話號碼時，「-」可唸作「の」或者停頓不發音。此外，數字2與5必須發成長音，如：「0120-123-567」讀作「ゼロいち**にい**ゼロ　いち**にい**さん**の**　**ごう**ろくなな」。

## 隨堂測驗：

01. 3300

1. さんせんさんひゃく　2. さんぜんさんひゃく
3. さんせんさんびゃく　4. さんぜんさんびゃく

02. 8890

1. はっせんはっぴゃくきゅうじゅう　2. はっせんはっぴゃくきゅうじゅう
3. はっせんはっぴゃくくじゅう　4. はっせんはっぴゃくくじゅう

解01.（4）　02.（2）

# 31. ～時（じ）　～分（ふん/ぷん）

翻訳：…點　…分。

說明：日文中，表達時間時，必須注意「4 時」與「9 時」有其固定的講法，講分鐘時，1,3,4,6,8,10 時，「分」會發音成半濁音「ぷん」，且 1,6,8,10 時，數字部分會促音化。建議讀者與其背誦規則，倒不如多唸幾遍，習慣成自然，效率更佳。

日文表達時刻時，有其固定的講法。下兩表分別整理「時」與「分」的講法：

| 1 時 | いちじ | 7 時 | しちじ／（ななじ較少用） |
|---|---|---|---|
| 2 時 | にじ | 8 時 | はちじ |
| 3 時 | さんじ | 9 時 | くじ（× きゅうじ） |
| 4 時 | よじ（× しじ） | 10 時 | じゅうじ |
| 5 時 | ごじ | 11 時 | じゅういちじ |
| 6 時 | ろくじ | 12 時 | じゅうにじ |

| 1 分 | いっ**ぷ**ん | 7 分 | ななふん |
|---|---|---|---|
| 2 分 | にふん | 8 分 | はっ**ぷ**ん |
| 3 分 | さん**ぷ**ん | 9 分 | きゅうふん（× くふん） |
| 4 分 | よん**ぷ**ん（× しふん） | 10 分 | じゅっ**ぷ**ん／じっ**ぷ**ん |
| 5 分 | ごふん | 15 分 | じゅうごふん |
| 6 分 | ろっ**ぷ**ん | 30 分 | さんじゅっ**ぷ**ん／さんじっ**ぷ**ん |

疑問詞時，幾點幾分，分別讀作「何時（なんじ）」、「何分（なん**ぷ**ん）」。「30 分」亦可使用「半（はん）」來取代。

## 隨堂測驗：

01. 4 時 18 分
    1. よじじゅうはちふん　2. しじじゅうはちふん
    3. よじじゅうはっぷん　4. しじじゅうはっぷん

02. 10 時 10 分
    1. じゅっじじゅっぷん　2. じゅうじじゅうふん
    3. じゅっじじゅうふん　4. じゅうじじゅっぷん

解 01.（3）　02.（4）

## 32. ～月（がつ）　～日（にち）　～曜日（ようび）

翻訳：…月　…日　星期…。

説明：日文表達日期時，月份有其固定的講法；日子的 1 號到 10 號有其特殊的讀法，11 號以後則比照數字讀音加上「日（にち）」，但 14 號、20 號、24 號則是有特殊讀法；星期的讀法則是有固定的詞彙表達。下三表分別整理「月」、「日」以及「星期」的講法：

| 1月 | いちがつ | 7月 | しちがつ |
|---|---|---|---|
| 2月 | にがつ | 8月 | はちがつ |
| 3月 | さんがつ | 9月 | くがつ |
| 4月 | しがつ　（× よんがつ） | 10月 | じゅうがつ |
| 5月 | ごがつ | 11月 | じゅういちがつ |
| 6月 | ろくがつ | 12月 | じゅうにがつ |

| 1日 | **ついたち** | 17日 | じゅうしちにち　（じゅうななにち較少用） |
|---|---|---|---|
| 2日 | **ふつか** | 18日 | じゅうはちにち |
| 3日 | **みっか** | 19日 | じゅうくにち　（じゅうきゅうにち較少用） |
| 4日 | **よっか** | 20日 | **はつか**　（にじゅうにち較少用） |
| 5日 | **いつか** | 21日 | にじゅういちにち |
| 6日 | **むいか** | 22日 | にじゅうににち |
| 7日 | **なのか** | 23日 | にじゅうさんにち |
| 8日 | **ようか** | 24日 | **にじゅうよっか**　（にじゅうよんにち較少用） |
| 9日 | **ここのか** | 25日 | にじゅうごにち |
| 10日 | **とおか** | 26日 | にじゅうろくにち |
| 11日 | じゅういちにち | 27日 | にじゅうしちにち　（にじゅうななにち較少用） |
| 12日 | じゅうににち | 28日 | にじゅうはちにち |
| 13日 | じゅうさんにち | 29日 | にじゅうくにち |
| 14日 | **じゅうよっか** | 30日 | さんじゅうにち |
| 15日 | じゅうごにち | 31日 | さんじゅういちにち |
| 16日 | じゅうろくにち | | |

| 星期一 | 月曜日（げつようび） | 星期五 | 金曜日（きんようび） |
|---|---|---|---|
| 星期二 | 火曜日（かようび） | 星期六 | 土曜日（どようび） |
| 星期三 | 水曜日（すいようび） | 星期日 | 日曜日（にちようび） |
| 星期四 | 木曜日（もくようび） | | |

疑問詞時，幾月幾日星期幾，分別讀作「何月（なんがつ）」、「何日（なんにち）」、「何曜日（なんようび）」。

## 隨堂測驗：

01. 3月3日
  1.さんがつさんにち　2.さんがつみっか
  3.さんげつさんにち　4.さんげつみっか

02. 4月14日
  1.しがつじゅうしにち　2.よんがつじゅうしにち
  3.しがつじゅうよっか　4.よんがつじゅうよっか

解01.（2） 02.（3）

# 33. 期間（きかん）

翻訳：…分鐘、…小時、…天、…個星期、…個月、…年。

說明：第 31、32 項文法講述的，是「一個特定的時間點」，本項文法學習的，是「一段期間」。日文表達「幾分鐘」、「幾小時」、「幾天」、「幾個星期」、「幾個月」以及「幾年」等一段時間「期間」的講法，整理如下表：

| | | | |
|---|---|---|---|
| 1 分（間） | いっぷん（かん） | 6 分（間） | ろっぷん（かん） |
| 2 分（間） | にふん（かん） | 7 分（間） | ななふん（かん） |
| 3 分（間） | さんぷん（かん） | 8 分（間） | はっぷん（かん） |
| 4 分（間） | よんぷん（かん） | 9 分（間） | きゅうふん（かん） |
| 5 分（間） | ごふん（かん） | 10 分（間） | じゅっぷん（かん）／<br>じっぷん（かん）較少用 |

| | | | |
|---|---|---|---|
| 1 時間 | いちじかん | 6 時間 | ろくじかん |
| 2 時間 | にじかん | 7 時間 | ななじかん／しちじかん |
| 3 時間 | さんじかん | 8 時間 | はちじかん |
| 4 時間 | よじかん（× しじかん） | 9 時間 | くじかん（× きゅうじかん） |
| 5 時間 | ごじかん | 10 時間 | じゅうじかん |

| | | | |
|---|---|---|---|
| 1 日間 | いちにちかん | 6 日間 | むいかかん |
| 2 日間 | ふつかかん | 7 日間 | なのかかん |
| 3 日間 | みっかかん | 8 日間 | ようかかん |
| 4 日間 | よっかかん | 9 日間 | ここのかかん |
| 5 日間 | いつかかん | 10 日間 | とおかかん |

| | | | |
|---|---|---|---|
| 1 週間 | いっしゅうかん | 6 週間 | ろくしゅうかん |
| 2 週間 | にしゅうかん | 7 週間 | ななしゅうかん |
| 3 週間 | さんしゅうかん | 8 週間 | はっしゅうかん |
| 4 週間 | よんしゅうかん | 9 週間 | きゅうしゅうかん |
| 5 週間 | ごしゅうかん | 10 週間 | じゅっしゅうかん |

| 1か月 | い**っ**かげつ | 6か月 | ろ**っ**かげつ |
|---|---|---|---|
| 2か月 | にかげつ | 7か月 | ななかげつ |
| 3か月 | さんかげつ | 8か月 | はちかげつ／は**っ**かげつ |
| 4か月 | よんかげつ | 9か月 | きゅうかげつ |
| 5か月 | ごかげつ | 10か月 | じゅ**っ**かげつ |

| 1年 | いちねん | 6年 | ろくねん |
|---|---|---|---|
| 2年 | にねん | 7年 | ななねん／しちねん |
| 3年 | さんねん | 8年 | はちねん |
| 4年 | **よ**ねん（× よんねん） | 9年 | きゅうねん（くねん較少用） |
| 5年 | ごねん | 10年 | じゅうねん |

疑問詞時，「幾分鐘」、「幾小時」、「幾天」、「幾個星期」、「幾個月」以及「幾年」，分別讀作「何分間（なんぷんかん）」、「何時間（なんじかん）」、「何日間（なんにちかん）」、「何週間（なんしゅうかん）」、「何か月（なんかげつ）」以及「何年（なんねん）」。

## 隨堂測驗：

01. 4年6ヶ月
   1. しねんろくかげつ　2. よねんろくかげつ
   3. しねんろっかげつ　4. よねんろっかげつ

02. 4分間
   1. よんぷんかん　2. よぷんかん
   3. よんふんかん　4. よふんかん

解01.（4）　02.（1）

# 34. ～から、～まで、～と（並列）

接続：名詞＋から　名詞＋まで　名詞＋と
翻訳：從…。到…。…和…。
説明：① 助詞「～から」用來表達時間的起點；助詞「～まで」則是用來表達時間的終點。可使用「A から　B まで」的方式，來表達期間的範圍。② 助詞「～と」用來表達兩個以上名詞或物品的並列。

①・学校(がっこう)は、　朝(あさ)　8 時(じ)から　午後(ごご)　3 時(じ)までです。
（學校是從早上八點到下午三點。）
・会議(かいぎ)は、　9 時(じ) 10 分(ぷん)から　9 時(じ) 45 分(ふん)までです。
（會議是從 9 點 10 分到 9 點 45 分。）
・夏休(なつやす)みは、　7 月(がつ) 1 日(ついたち)から　8 月(がつ) 31 日(にち)までです。
（暑假是從 7 月 1 日到 8 月 31 日。）
・東京(とうきょう)オリンピックは、　2021 年(ねん) 7 月(がつ) 23 日(にち)から　8 月(がつ) 8 日(ようか)までの　17 日間(にちかん)でした。
（東京奧運是從 2021 年的 7 月 23 日到 8 月 8 日為止的 17 天。）

②・この本(ほん)と　あの本(ほん)は　私(わたし)のです。
（這本書和那本書是我的。）
・男子(だんし)トイレは　3 階(がい)と　7 階(かい)です。
（男廁在 3 樓和 7 樓。）
・夏休(なつやす)みは　7 月(がつ)と　8 月(がつ)です。
（暑假是七月和八月。）
・私(わたし)は　リンゴと　バナナが　好(す)きです。
（我喜歡蘋果和香蕉。）
・土曜日(どようび)と　日曜日(にちようび)は　休(やす)みです。
（星期六和星期日是休息日。）

## 辨析：

若要講述某一主語，擁有兩個特徵或身份，不可使用「～と」。因為只有一個東西（一個人），並沒有兩樣東西（兩個人）。此種情況必須使用第 03 單元第 21 項文法所學習到的「中止形」來表達。

**× スミスさんは　株式会社（かぶしきがいしゃ）ペコスの社員（しゃいん）と　アメリカ人（じん）です。**

**○ スミスさんは　株式会社（かぶしきがいしゃ）ペコスの社員（しゃいん）で　アメリカ人（じん）です。**

（史密斯先生是沛可仕股份有限公司的員工，是位美國人。）

## 隨堂測驗：

01. 仕事は　午前 10 時（　）　午後 4 時（　）　6 時間です。
　　1. から／まで　2. と／まで　3. と／の　4. から／までの

02. 私（　）　車（　）　家（　）　欲しいです。
　　1. と／は／が　2. は／と／が　3. が／の／は　4. の／は／が

解 01.（4）　02.（2）

# 35. 動詞與它的ます形

說明：我們在第 01 單元中介紹日文的名詞，也在第 03 單元中介紹日文的形容詞，這裡，則是要為各位讀者介紹日文的動詞。日文的動詞和形容詞、名詞一樣，都有肯定否定、現在過去、以及常體敬體。但由於其常體部分牽扯到複雜的動詞變化，因此本單元僅介紹動詞的敬體部分，至於動詞的常體，將會於第 11 單元詳細介紹。

日文動詞的敬體，以「～ます」結尾。本單元先學習四個與本單元的主題，也就是與時間相關聯的七個動詞：「起きます（起床）、寝ます（睡覺）、働きます（工作）、休みます（休息）、勉強します（讀書）、始まります（開始）、終わります（結束）」。

若動詞本身可用來表達一段持續時間的動作（時間上有起始點以及結束點），如：「寝ます、働きます、休みます、勉強します」，則可與上一個文法項目所學習的「～から」、「～まで」一起使用。

・私は、 夜 11 時から 朝 6 時まで 寝ます。
（我從晚上 11 點睡到早上 6 點。）
・毎週、 月曜日から 金曜日まで 働きます。
（每星期都從星期一工作到星期五。）
・昼は、 11 時 50 分から 13 時 10 分まで 休みます。
（中午從 11 點 50 分休息到 13 點 10 分。）
・明日は 試験です。 今晩 6 時から 12 時まで 勉強します。
（明天考試。今晚要從 6 點讀書到 12 點。）

## 隨堂測驗：

01. 毎日、 夜 11 時から 朝 6 時まで （ ）。
1. 起きます 2. 寝ます 3. 始まります 4. 終わります

02. 毎日、 朝 9 時（ ） 午後 5 時（ ） 働きます。
1. と／に 2. に／と 3. から／まで 4. から／に

解 01.（2） 02.（3）

# 36. ～に（時間點）

說明：延續上一項文法。若動詞本身可用來表達動作發生的時間點（一瞬間的動作），如：「起きます、寝ます、始まります、終わります」，則必須使用「～に」來表達動作發生的時間點。動詞「始まります」，則是除了可以使用表示時間點的「～に」以外，亦可使用表示動作起點的「～から」。

・毎朝、 6時半に 起きます。
（每天早上6點半起床。）
・今夜、 11時に 寝ます。
（今晚11點上床睡覺。）
・授業は 8時（○に／○から） 始まります。
（課程8點／從8點開始。）
・学校は 午後 4時50分（○に／×まで） 終わります。
（學校於下午4點50分結束。）

## 辨析：

原則上，「今、昔／昨日、今日、明日／先週、今週、来週／先月、今月、来月／去年、今年、来年…」等詞彙，由於它是屬於相對時間（隨著發話時間的不同，所指示的時間也不同），因此不可加上「～に」。

**× 明日に 働きます**

但用於表達季節（春、夏、秋、冬），星期（月曜日、火曜日…），一天當中的時間（午前、午後、朝、昼、晚、夜…）等詞彙，則亦有可以加上「～に」的情況。（※ 註：「∅」表「無助詞」。）

**・月曜日（○に／○∅） 働きます。**
（星期一工作。）
**・夜（○に／○∅） 寝ます。**
（晚上睡覺。）

## 隨堂測驗：

01. 明日、　朝　6時（　）　起きます。

　　1.から　2.に　3.まで　4.と

02. 今晩（　）　12時（　）　寝ます。

　　1.に／に　2.Ø／Ø　3.に／Ø　4.Ø／に

解01.（2）　02.（4）

# 37. 動詞敬體的肯定否定與過去

說明：日文中的動詞，有些用來描述「**狀態**」(如：あります、います、できます)，有些則是用來描述「**動作**」。描述「狀態」的動詞，將會於第 08 單元介紹。而本單元介紹的七個動詞「起（お）きます、寝（ね）ます、働（はたら）きます、休（やす）みます、勉強（べんきょう）します、始（はじ）まります、終（お）わります」，則用來描述「動作」的動詞。

① 當我們要描述動作，是未來即將要發生，又或是反覆性的、恆常性的（例如每週、每年都會發生），就會使用動詞的「～ます」形（一般又稱作「現在肯定」）；

② 當我們要描述動作將不會發生，就會將動詞結尾改為「～ません」（一般又稱作「現在否定」）；

③ 當我們要描述動作已經發生，就會將動詞結尾改為「～ました」（一般又稱作「過去肯定」）；

④ 當我們要描述動作之前並沒有發生，就會將動詞結尾改為「～ませんでした」（一般又稱作「過去否定」）。（※ 註：當我們要描述動作「現在」正在發生，請參考第 13 單元第 86 項文法「～ています」。）

整理如下表：

| | 現在式（表未來） | 過去式 |
|---|---|---|
| 肯定 | ① 起（お）きます | ③ 起（お）きました |
| 否定 | ② 起（お）きません | ④ 起（お）きませんでした |

①・明日（あした）　7時（じ）に　起（お）きます。
（明天七點起床。）
・毎朝（まいあさ）　8時（じ）に　起（お）きます。
（每天早上七點起床。）
・会議（かいぎ）は　午後（ごご）　4時（じ）（○に／○から）　始（はじ）まります。
（會議下午 4 點開始。）

②・明日（あした）、　働（はたら）きません。
（明天不工作。）
・今夜（こんや）、　寝（ね）ません。
（今夜不睡覺。）
・昼（ひる）は　休（やす）みません。
（中午不休息。）

③・昨日、　11 時に　寝ました。

（昨天 11 點睡覺。）

・昨日、　午前　7 時から　午後　6 時まで　働きました。

（昨天從上午 7 點工作到下午 6 點。）

・会議は　さっき　終わりました。

（會議剛剛結束了。）

④・昨日、　勉強しませんでした。

（昨天沒讀書。）

・先週、　休みませんでした。

（上週沒休息。）

・先月の　１４ 日と　15 日は　働きませんでした。

（上個月的 14 號跟 15 號沒上班／工作。）

## 辨析：

疑問時，則僅需按照欲詢問的時制，於「～ます」或「～ました」後方加上「か」即可。

・**A：今日、　勉強しますか。**

（A：今天要讀書嗎？）

**B：はい、　勉強します。**（× はい、そうです。）

（B：是的，今天要讀書。）

**いいえ、　勉強しません。**（× いいえ、そうじゃありません。）

（B：不，今天不讀書。）

・**A：明日、　何時から　何時まで　働きますか。**

（A：明天從幾點工作到幾點呢？）

**B：明日、　朝 9 時から　午後 5 時まで　働きます。**

（B：明天從早上 9 點工作到下午 5 點。）

・**A：昨日、　働きましたか。**

（A：昨天工作了嗎？）

**B：はい、　働きました。**

（B：是的，工作了。）

**いいえ、　働きませんでした。**

（B：不，昨天沒工作。）

・**A：一昨日（おととい）、　何時（なんじ）から　何時（なんじ）まで　寝（ね）ましたか。**

（A：前天從幾點睡到幾點呢？）

**B：一昨日（おととい）、　午前（ごぜん）　1時（じ）から　5時（じ）まで　寝（ね）ました。**

（B：前天從凌晨1點睡到5點。）

## 隨堂測驗：

01. 明日は　日曜日です。　（　）。

　1.働きます　2.働きません　3.働きました　4.働きませんでした

02. 昨日、　何時から　何時まで　（　）。

　1.勉強しますか　2.勉強しませんか　3.勉強しました　4.勉強しましたか

解01.（2）　02.（4）

## 文章與對話

（市役所的人員告訴留學生，關於在地域中心接種武漢肺炎疫苗的資訊）

おうちは　目白駅の　近くですね。　ワクチンの　接種会場は　落合第一地域センターです。　地域センターは　高田馬場駅から　１つ目の　駅の　下落合駅の　近くです。　午前９時に　始まります。　休みは　毎月　第３日曜日です。　電話番号は　03-3954-1611です。　新型コロナウイルスの　ワクチン接種は、　毎週　水曜日の　午後と　金曜日と　土曜日です。　ワクチンの　メーカーは　ファイザーです。　ワクチンの　中で　ファイザーが　一番　副反応が　軽いですよ。

（兩位留學生討論疫苗接種事宜）

陳：ワクチン接種、　予約しましたか。

林：予約しましたよ。　私は　来週の　金曜日の　午後です。　あなたは？

陳：私も　来週の　金曜日の　午後です。　その　日の　午前中は　アルバイトです。
午前９時からです。　11時に　終わりますから、　午後　一緒に　行きませんか。

（「～ますから」⇒ #66；「～ませんか」⇒ #49）

林：ええ、　一緒に　行きましょう。（「～ましょう」⇒ #49）
家からは　バスの　ほうが　便利ですから、　バスで　行きましょう。

（「～ですから」⇒ #66；「～で」⇒ #39）

## 翻譯

（市役所的人員告訴留學生，關於在地域中心接種武漢肺炎疫苗的資訊。）

你家是靠近目白車站對吧。疫苗接種會場是落合第一地區中心。落合第一地區中心靠近下落合車站，是從高田馬場車站出發的第一站。上午九點開始，休息日為每月的第三個星期日。電話號碼是　03-3954-1611。針對武漢肺炎的疫苗接種時間為每週三下午、週五以及週六。該疫苗的製造商是輝瑞。輝瑞的疫苗是所有疫苗中副作用最輕的喔。

（兩位留學生討論疫苗接種事宜）

陳：你預約好打疫苗了嗎？

林：預約好囉。我預約下週五的下午，你呢？

陳：我也是下週五下午。因為那天上午有打工，早上九點開始。十一點就會結束，下午要一起去嗎？

林：好啊，一起去吧。從家裡出發的話搭公車比較方便，我們搭公車去吧。

# 05 單元小測驗

1. 昨日、　朝　7時（　）　起きました。
   1　から　　2　まで　　3　と　　4　に

2. 日曜日は　いつも　午後（　）　寝ます。
   1　から　　2　まで　　3　と　　4　に

3. 仕事は　午後　6時（　）　です。
   1　まで　　2　に　　3　の　　4　∅

4. 仕事は　午後　6時（　）　終わります。
   1　まで　　2　に　　3　の　　4　∅

5. 明日（　）　働きます。
   1　に　　2　の　　3　と　　4　∅

6. 休みは　火曜日（　）　水曜日です。
   1　から　　2　まで　　3　と　　4　に

7. 休みは　火曜日（　）　木曜日までです。
   1　から　　2　に　　3　の　　4　∅

8. 昨日の　夜、　3時間　（　）。
   1　勉強します　　2　勉強です
   3　勉強しました　　4　勉強でした

9. もう　朝です。　陳さんは　（　）。
   1　起きますか　　2　起きませんか
   3　起きましょうか　　4　起きましたか

10. 電話番号は　03-6908-5020（　）。です。
   1　ごゼロにゼロ　　2　ごゼロにいゼロ
   3　ごうゼロにいゼロ　　4　ごうゼロにゼロ

06

# 第 06 單元：移動動詞句

38. 行きます／来ます／帰ります
39. ～で（交通工具）
40. ～と（共同動作）
41. ～から／まで＋移動動詞
42. 疑問詞
43. 疑問詞か、疑問詞も

本單元學習與「移動」相關的表現。除了學習三個表移動的動詞「行きます、来ます、帰ります」外，亦同時學習與這三個移動動詞一起使用的助詞。如：表移動方向的「へ」、表移動起點的「から」、移動終點的「まで」，以及移動的交通工具「で」…等。並於最後兩項文法學習與本課相關的疑問詞之用法。

# 38. 行(い)きます／来(き)ます／帰(かえ)ります

翻訳：去…。來…。回去／回來／回家。
常体：行く／来る／帰る
說明：這裡學習三個與「移動」相關連的動詞：「行きます（去）」、「来ます（來）」與「帰ります（回來）」。移動前往的方向，使用助詞「へ」來表達。請注意，「へ」作為表方向的助詞時，必須讀作「え（e）」。

・私(わたし)は、 明日(あした) 東京(とうきょう)へ 行(い)きます。
（我明天要去東京。）
・あなたは、 昨日(きのう) どこへ 行(い)きましたか。
（你昨天去了哪裡呢？）
・私(わたし)は 明日(あした)も ここへ 来(き)ます。
（我明天也會來這裡。）
・田村(たむら)さんは、 昨日(きのう) 来(き)ませんでした。
（田村先生昨天沒來。）
・毎日(まいにち) 5時(じ)に 家(いえ)へ 帰(かえ)ります。
（我每天五點回家。）
・ヤンさんは、 去年(きょねん) 台湾(たいわん)へ 帰(かえ)りました。
（楊先生去年回台灣了。）

## 辨析：

這裡所介紹的三個動詞，亦可將表方向的「へ」替換為表目的地的助詞「に」。

**・東京(とうきょう)に 行(い)きます。**
（去東京。）
**・明日(あした)も ここに 来(き)ますか。**
（明天你也會來這裡嗎？）

**・毎日　5時に　家に　帰ります。**

（每天五點回家。）

## 辨析：

助詞「へ」表移動的方向，因此後方所使用的動詞一定要為含有移動語意的動詞，如本單元學習的「行きます、来ます、帰ります」。若動詞的語意為動作，但不含移動的語意，則不可使用「へ」。

**× 部屋へ　寝ます。**

上例必須改為下一單元第 45 項文法即將學習的，表動作場所的「で」。

**○ 部屋で　寝ます。**

（在房間睡覺。）

## 辨析：

若要表達「去了 A 處，也去了 B 處」，可在第二個地點「へ」的後方，加上副助詞「も」，或直接使用「も」來取代「へ」即可。

**・昨日　新宿へ　行きました。　渋谷（○へも／○も）　行きました。**

（昨天去了新宿。也去了澀谷。）

若要回答「哪兒也沒去／不去」，則僅需在「へ」的後方加上「も」，或直接使用「も」來取代「へ」即可。

**・A：明日　どこへ　行きますか。**

（A：明天要去哪裡呢？）

**B：どこ（○へも／○も）　行きません。**

（B：哪兒也不去。）

**・A：昨日　どこへ　行きましたか。**

（A：昨天去了哪裡呢？）

**B：どこ（○へも／○も）　行きませんでした。**

（B：哪兒也沒去。）

## 隨堂測驗：

01. 今年（ ） 8月（ ） フランス（ ） 行きます。

 1.は／の／へ　2.の／に／へ　3.の／に／は　4.に／は／へ

02. 一昨日 どこ（ ） 行きませんでした。

 1.へは　2.はも　3.へも　4.には

解01.（2） 02.（3）

# 39. ～で（交通工具）

接続：名詞＋で

翻訳：搭…。騎…。駕駛…。使用…。

説明：上一個文法項目，我們學習到了三個與移動相關連的動詞「行きます」、「来ます」與「帰ります」。並學習到了移動的方向，使用助詞「へ」來表達。若我們要更加詳細地描述移動時所使用的手段或交通工具，則可使用助詞「で」來表達。（※ 註：若移動的手段為「步行」，則使用「歩いて」表達）。

・私(わたし)は　明日(あした)、 電車(でんしゃ)**で**　東京(とうきょう)へ　行(い)きます。
（我明天要搭電車去東京。）

・あなたは　昨日(きのう)、 新(あたら)しい車(くるま)**で**　どこへ　行(い)きましたか。
（你昨天開新車去了哪裡呢？）

・私(わたし)は、　明日(あした)も　タクシー**で**　ここへ　来(き)ます。
（我明天也會搭計程車來這裡。）

・田村(たむら)さんは　昨日(きのう)、　自転車(じてんしゃ)**で**　来(き)ませんでした。　**歩(ある)いて**　来(き)ました。
（田村先生昨天沒有騎腳踏車來。他走來的。）

・毎日(まいにち)　5時(じ)に　学校(がっこう)の　バス**で**　家(いえ)へ　帰(かえ)ります。
（我每天五點搭學校的公車回家。）

・ヤンさんは　去年(きょねん)、　船(ふね)**で**　台湾(たいわん)へ　帰(かえ)りました。
（楊先生去年搭船回去台灣了。）

・A：電車(でんしゃ)**で**　来(き)ましたか。
（A：你搭電車來的嗎？）
B：いいえ、電車(でんしゃ)では（じゃ）なくて、　バス**で**　来(き)ました。
（B：不，不是<搭>電車，而是搭公車來的。）

## 隨堂測驗：

01. 先週、　新幹線（　）　京都（　）　行きました。

　　1.で／に　2.へ／に　3.に／で　4.に／へ

02. 毎日　（　）　学校へ　行きます。

　　1.歩いて　2.歩いで　3.歩で　4.歩て

解 01.（1）　02.（1）

# 40. ～と（共同動作）

接続：名詞＋と
翻訳：和…（一起）。與…（一起）。
説明：動詞「行きます」、「来ます」與「帰ります」，若欲表達一起移動的人（共同動作者），則可使用助詞「と」來表達。（※ 註：若移動並未伴隨同伴者，而為獨自一人時，則使用「一人で」表達）。

・私(わたし)は　明日(あした)、　妹(いもうと)**と**　電車(でんしゃ)で　東京(とうきょう)へ　行(い)きます。
（我明天要和妹妹搭電車去東京。）

・あなたは　昨日(きのう)、　新(あたら)しい車(くるま)で　誰(だれ)**と**　どこへ　行(い)きましたか。
（你昨天開新車和誰去了哪裡呢？）

・私(わたし)は、　明日(あした)も　友達(ともだち)**と**　タクシーで　ここへ　来(き)ます。
（我明天也會和朋友搭計程車來這裡。）

・田村(たむら)さんは　昨日(きのう)、　奥(おく)さん**と**　来(き)ませんでした。　**一人(ひとり)で**　来(き)ました。
（田村先生昨天沒有和老婆一起來。他獨自一人來的。）

・毎日(まいにち)、　クラスメート**と**　学校(がっこう)の　バスで　家(いえ)へ　帰(かえ)ります。
（我每天和同學搭學校的公車回家。）

・ヤンさんは　去年(きょねん)、　家族(かぞく)**と**　船(ふね)で　台湾(たいわん)へ　帰(かえ)りました。
（楊先生去年和家人搭船回去台灣了。）

## 辨析：

關於句子的順序，原則上按照「主題／主語**は**　時間（**に**）　共同動作者**と**　交通工具**で**　方向**へ**　移動動詞」的順序排列。但若因語境需求，各個補語（名詞＋格助詞）的位置調動並不會影響句子的語意。以下三句意思皆相同，為「我明天和妹妹搭電車去東京」。

**・私(わたし)は　明日(あした)　妹(いもうと)と　電車(でんしゃ)で　東京(とうきょう)へ　行(い)きます。**
**・私(わたし)は　明日(あした)　電車(でんしゃ)で　妹(いもうと)と　東京(とうきょう)へ　行(い)きます。**
**・私(わたし)は　妹(いもうと)と　明日(あした)　電車(でんしゃ)で　東京(とうきょう)へ　行(い)きます。**

## 辨析：

上述表共同動作的「～と」亦可替換為「～と一緒に」。

**・妹（いもうと）と　東京（とうきょう）へ　行（い）きます。**
（和妹妹去東京。）
**⇒妹（いもうと）と　一緒（いっしょ）に　東京（とうきょう）へ　行（い）きます。**
（和妹妹一起去東京。）

## 辨析：

「～と」除了本單元用來表達共同動作的對象（With）以外，亦可用來並列兩個名詞（And）。請參考第 05 單元第 34 項文法。

**・私（わたし）は　リンゴと　バナナ　が　大好（だいす）きです。**
（我喜歡蘋果和香蕉。）
**・椋太（りょうた）と　翔太（しょうた）　は　日本人（にほんじん）です。**
（椋太和翔太是日本人。）
**・休（やす）みは　土曜日（どようび）と　日曜日（にちようび）　です。**
（休假日為星期六和星期天。）

## 隨堂測驗：

01. 昨日、　一人（　）　デパート（　）　行きました。
　1. と／へ　2. へ／に　3. で／へ　4. に／で

02. 明日、　（　）と　図書館へ　行きますか。
　1. バス　2. 自転車　3. 一人　4. 山田さん

解01.（3）　02.（4）

# 41. ～から／まで＋移動動詞

接続：名詞＋から　名詞＋まで

翻訳：從…。到…。

説明：上一單元我們學習到了表起點的「～から」與表終點的「～まで」。但上一單元學習的是用來表達時間的起點與終點，且使用於名詞句當中。而本項文法項目則是要介紹，移動動詞亦可與「～から」、「～まで」一起使用，來表達「移動的起點」與「移動的終點」。

・私（わたし）は　陳（チン）です。　台湾（たいわん）**から**　来（き）ました。
（敝姓陳。我從台灣來的。）

・明日（あした）、　直接（ちょくせつ）　家（いえ）**から**　会場（かいじょう）へ　行（い）きます。
（明天直接從家裡去會場。）

・夫（おっと）は　7時（じ）に　会社（かいしゃ）**から**　帰（かえ）ります。
（我老公七點會從公司回來。）

・この電車（でんしゃ）は　新宿（しんじゅく）**まで**　行（い）きます。
（這電車開到新宿。）

## 辨析：

「この電車は　新宿まで　行きます」與「この電車は　新宿へ　行きます」的差異，在於「まで」表終點，因此前句的意思是「新宿為終點站」；而「へ」表方向，因此後句的意思是「這班電車是朝新宿方向運行，但新宿可能不是終點站」，而會繼續往下開（往中野）之類的。

## 隨堂測驗：

01. 仕事の　後、　家へ　帰りません。　直接　会社（　）　空港へ　行きます。
　　1. から　2. まで　3. へ　4. に

02. 昨日、　新宿から　池袋（　）　歩いて　行きました。　大変でした。
　　1. と　2. の　3. まで　4. で

解 01.（1）　02.（3）

# 42. 疑問詞

接続：疑問詞＋格助詞（※：疑問詞後方不可加上「は」）

翻訳：誰？哪裏？什麼？何時？

説明：① 我們在第 01 單元，學習到詢問「人」時，使用疑問詞「誰」。因此若想詢問「共同動作的對象」為何，則使用「誰**と**」詢問。② 我們在第 02 單元，學習到詢問「場所」時，使用疑問詞「どこ」或「どちら」。因此若想詢問「前往的方向」為何，則使用「どこ**へ**」或「どちら**へ**」詢問；若欲詢問「移動的起點」為何，則使用「どこ**から**」或「どちら**から**」詢問；若欲詢問「移動的終點」為何，則使用「どこ**まで**」或「どちら**まで**」詢問。③ 若欲詢問搭乘的交通工具為何，則使用疑問詞「なんで」或「なにで」來詢問。④ 若欲詢問時間與日期，除了可使用第 05 單元所學習到的「何時」「何曜日」「何月何日」等疑問詞以外，亦可以使用「いつ」（何時），來詢問。「何時」「何曜日」「何月何日」會加上助詞「に」，但「いつ」不可加上「に」。

①・A：昨日（きのう）、 誰（だれ）**と** 銀座（ぎんざ）へ 行（い）きましたか。

（A：昨天你和誰去了銀座呢？）

B：友達（ともだち）**と** 銀座（ぎんざ）へ 行（い）きました。

（B：和朋友去了銀座。）

②・A：一昨日（おととい）、 山田（やまだ）さんと （○どこ**へ**／○どちら**へ**） 行（い）きましたか。

（A：前天你和山田先生去了哪裡？）

B：中野（なかの）**へ** 行（い）きました。

（B：去了中野。）

・A：ジェームズさんは （○どこ**から**／○どちら**から**） 来（き）ましたか。

（A：詹姆士先生是從哪裡來的？）

B：イギリス**から** 来（き）ました。

（B：他是從英國來的。）

・A：この電車（でんしゃ）は （○どこ**まで**／○どちら**まで**） 行（い）きますか。

（A：這電車行駛至哪裡呢？）

B：立川（たちかわ）**まで** 行（い）きます。

（B：開到立川。）

③・A：明日(あした)、（〇なん**で**／〇なに**で**） 池袋(いけぶくろ)へ 行(い)きますか。

（A：明天要搭什麼交通工具去池袋？）

B：バス**で** 行(い)きます。

（B：搭公車去。）

④・A：何曜日(なんようび)**に** 上野(うえの)へ 行(い)きますか。

（A：你星期幾要去上野？）

B：日曜日(にちようび)**に** 行(い)きます。

（B：我星期天要去。）

・A：いつ 六本木(ろっぽんぎ)へ 行(い)きますか。

（A：你什麼時候要去六本木？）

B：土曜日(どようび)**に** 行(い)きます。

（B：我星期六要去。）

明日(あした) 行(い)きます。

（B：我明天要去。）

## 隨堂測驗：

01. 昨日、（ ）で 学校へ 行きましたか。

1. いつ　2. 何　3. どこ　4. 誰

02. A：（ ） アメリカへ 帰りますか。 B：今週の （ ） 帰ります。

1. いつに／土曜日に　2. いつ／土曜日に

3. なんで／土曜日　4. なにで／土曜日に

解 01.（2） 02.（2）

# 43. 疑問詞か、疑問詞も

接続：疑問詞＋か＋格助詞　　疑問詞＋も＋格助詞

翻訳：有沒有／是否有做…？並沒有做…。

説明：① 上一項文法所學習到的疑問詞，若於後方加上「か」，則並非上一項所學習到的「開放式問句」，而是會變成「封閉式問句」，用於詢問「是不是」、「有沒有」。因此回答句會以「はい」或「いいえ」回覆。此外，疑問詞後加「～か」以後，格助詞「へ」可以省略。② 疑問詞後方加上「も」，則用於表達全面否定。「も」置於格助詞的後方。若格助詞為「へ」則亦可省略。

①・A：昨日、 どこ**か**（へ） 行きましたか。

（A：你昨天有出去／有去了哪裡嗎？）

B：はい、行きました。

（B：有的，有出去。）

A：どこへ　行きましたか。

（A：你去了哪裡呢？）

B：銀座へ　行きました。

（B：我去了銀座。）

・A：明日、 誰**か**と 池袋へ　行きますか。

（A：你明天有要和誰去池袋嗎？）

B：はい、行きます。　鈴木さんと　行きます。

（B：有，有要去。要和鈴木先生去。）

・A：一昨日、 誰**か**と 中野へ　行きましたか。

（A：你前天有和誰去了中野嗎？）

B：いいえ、　一人で　行きました。

（B：沒有＜沒和任何人去＞，我一個人去了。）

・A：春日さんは　昨日、 どこ**か**に 出掛けましたか。

（A：春日先生昨天有出門嗎？）

B：いいえ、　家に　いました。

（B：沒有，待在家裡。）

②・A：昨日、 **どこか（へ）** 行きましたか。

（A：你昨天有去了哪裡嗎？）

B：いいえ、**どこ（へ）も** 行きませんでした。

（B：沒有。我哪兒也沒去。）

・A：一昨日、 **誰かと** 中野へ 行きましたか。

（A：你前天有和誰去中野嗎？）

B：いいえ、**誰とも** 中野へ 行きませんでした。

（B：沒有。我沒有和任何人去中野。）

## 隨堂測驗：

01. A：明日、 どこ（ ） 行きますか。 B：はい、 原宿へ 行きます。

1.へか 2.かへ 3.にも 4.には

02. A：明日、 誰（ ） 渋谷へ 行きますか。

B：いいえ、 誰（ ） 行きません。

1.とも／とは 2.とは／とも 3.かへ／にも 4.かと／とも

解01.（2） 02.（4）

## 文章與對話

（YouTuber 在影片當中介紹迪士尼樂園）

皆(みな)さん、　こんにちは！　今日(きょう)は　ディズニーランドに　来(き)ました。　天気(てんき)も　良(よ)くて、最高(さいこう)です。　私(わたし)は　彼氏(かれし)と　電車(でんしゃ)で　来(き)ました。　ディズニーランドは　舞浜駅(まいはまえき)です。東京駅(とうきょうえき)から　舞浜駅(まいはまえき)まで　京葉線(けいようせん)で　16分(ぷん)です。　速(はや)いですが、　乗(の)り換(か)えは　大変(たいへん)です。
（「〜が」⇒ #67）

---

（兩個留學生看影片後討論去迪士尼）

陳(チン)：今度(こんど)の　日曜日(にちようび)に　どこかへ　出掛(でか)けますか。
林(リン)：いいえ。
陳(チン)：じゃあ、　一緒(いっしょ)に　ディズニーランドへ　行(い)きませんか。（「〜ませんか」⇒ #49）
林(リン)：いいですね。　私(わたし)は　ミッキーが　大好(だいす)きです。
陳(チン)：電車(でんしゃ)で　行(い)きますか、　車(くるま)で　行(い)きますか。
林(リン)：車(くるま)で　行(い)きましょう。（「〜ましょう」⇒ #49）
陳(チン)：ディズニーランドの　他(ほか)に　どこかへ　行(い)きますか。
林(リン)：そうですね。　葛西臨海公園(かさいりんかいこうえん)（へ）も　行(い)きましょう。　近(ちか)いですから。
（「〜ですから」⇒ #66）
陳(チン)：葛西臨海公園(かさいりんかいこうえん)？　以前(いぜん)、　誰(だれ)かと　行(い)きましたか。
林(リン)：いいえ。　誰(だれ)とも　行(い)ったことがありません。　一人(ひとり)で　行(い)きました。
いいところです。（「〜たことがありません」⇒表經驗，請參照 N4 的第 51 項文法）

## 翻譯

（YouTuber 在影片當中介紹迪士尼樂園）

大家好。今天我們來到了迪士尼樂園！天氣也不錯，很棒。我和男朋友搭電車來的。迪士尼樂園在舞濱站。從東京車站到舞濱站，搭京葉線要 16 分鐘。雖然很快，但轉車很麻煩。

（兩個留學生看影片後討論去迪士尼）

陳：下週日，你有要出門／有要去哪裡嗎？

林：沒有。

陳：那麼，要不要一起去迪士尼樂園。

林：好耶。我最喜歡米奇了。

陳：搭電車去嗎？還是開車去？

林：開車去好了。

陳：除了迪士尼樂園以外，你還有要去哪裡嗎？

林：嗯。 我們也順便去葛西臨海公園吧。因為很近。

陳：葛西臨海公園？你以前是不是有跟誰去過了？

林：沒有。我沒有跟任何人去喔。我獨自一人去的。是個好地方。

# 06 單元小測驗

1. 陳さんは　船（　）　日本（　）　来ました。
　1　へ／で　　2　で／に　　3　に／で　　4　から／へ

2. 明日は　どこ（　）　行きません。
　1　もへ　　2　は　　3　へも　　4　へ

3. 昨日、　学校の　図書館（　）　勉強しました。
　1　で　　2　へ　　3　に　　4　は

4. A：誰（　）　新宿へ　行きますか。
　B：誰（　）　行きません。　一人（　）行きます。
　1　は／も／は　　2　が／も／が
　3　と／とも／で　　4　で／でも／と

5. 明日、　椋太君（　）　翔太君（　）　秋葉原（　）　行きます。
　1　と／で／と　　2　と／は／で　　3　は／と／で　　4　は／と／へ

6. 陳です。　台湾（　）　来ました。　どうぞ　よろしく　お願いします。
　1　と　　2　で　　3　から　　4　まで

7. A：いつ（　）　市役所へ　行きますか。　B：明日（　）　行きます。
　1　に／に　　2　に／∅　　3　∅／に　　4　∅／∅

8. A：明日、　どこ（　）　行きますか。　B：いいえ。
　1　へも　　2　かも　　3　かへ　　4　へは

9. A：昨日、　誰（　）　デパートへ　行きましたか。
　B：いいえ、　誰（　）　行きませんでした。
　1　か／も　　2　かと／とも　　3　と／と　　4　かが／とは

10. 先週の　日曜日、　東京駅から　銀座まで　（　）　行きました。
　1　バスと　　2　電車は　　3　歩いて　　4　歩いで

07

# 第 07 單元：動詞與助詞

44. ～を（對象）
45. ～で（場所）
46. ～で（手段）
47. ～は（對比）
48. ～に（對方）
49. ～ませんか、～ましょう

本課學習較多的動詞，這些動詞都有動作作用所及的對象（受詞／目的語）存在，也就是「他動詞（及物動詞）」。此外，本課也會學習助詞「で」的其他兩種用法，以及學習表對比用法的「は」、表對方的助詞「に」。亦會介紹先前單元對話中，經常出現的「～ませんか」與「～ましょう」。

# 44. ～を（對象）

接続：名詞＋を

翻訳：中文的受詞以語序決定（放在動詞後方），無翻譯。

説明：前兩單元，我們學習到了日文的動詞。第 05 單元學習到的「起きます、寝ます、働きます、休みます、勉強します、始まります、終わります」七個動詞與時間相關，因此前方會使用與時間相關連的助詞。第 06 單元學習到的「行きます、来ます、帰ります」三個動詞則與方向相關，因此前方會使用與方向相關連的助詞。

而本單元要學習的動詞，則是動作時，會有「對象」、也就是會有目的語（受詞）的動詞，如：「食（た）べます（吃）、飲（の）みます（喝）、見（み）／観（み）ます（看）、聞（き）／聴（き）きます（聽）、読（よ）みます（讀）、書（か）きます（寫）、買（か）います（買）、します（做）」…等。這些動作，若不將動作的對象明講出來，整體語意會不完善，聽話者會聽不懂你想表達的事情。例如「食べます（吃）」一詞，如果你只是講「さっき　食べました（剛才吃了）」，那麼聽話的日本人一定會頭腦冒出三個問號，會反問你「何を？（吃什麼）」。也就是說，當你使用「食べます（吃）」這個動詞時，如果沒有搭配此動詞的動作對象「ケーキを（蛋糕）」一起講出來，則等於話只講一半。這樣的動詞就稱作「他動詞（及物動詞）」。

他動詞動作作用所及的對象，原則上使用「～を」來表達。建議讀者記憶他動詞時，可以連同「～を」的部分一起記憶下來。

・いつも　11 時（じ）に　昼（ひる）ご飯（はん）**を**　食（た）べます。
（我總是 11 點吃中餐。）

・さっき　コーヒー**を**　飲（の）みました。
（我剛剛喝了咖啡。）

・昨日（きのう）、　友達（ともだち）と　面白（おもしろ）い　映画（えいが）**を**　観（み）ました。
（昨天和朋友看了一部有趣的電影。）

・今晩（こんばん）、　日本語（にほんご）の　リスニングの　CD **を**　聴（き）きます。
（今晚要聽日文聽力的 CD。）

・休(やす)みの　日(ひ)は　一人(ひとり)で　小説(しょうせつ)**を**　読(よ)みます。
（假日時，獨自一人閱讀小說。）
・毎日(まいにち)　日記(にっき)**を**　書(か)きます。
（每天寫日記。）
・大(おお)きい　iPad **を**　買(か)いませんでした。　小(ちい)さい　の**を**　買(か)いました。
（我沒買大的 iPad。我買了小的。）
・毎日(まいにち)　宿題(しゅくだい)**を**　します。（＝毎日(まいにち)　宿題(しゅくだい)します）
（每天做作業。）

・毎朝(まいあさ)、　おにぎり**か**　パン**を**　食(た)べます。
（每天早上吃飯糰或者是麵包。）
・毎朝(まいあさ)、　ご飯(はん)と　納豆(なっとう)**か**、　パンと　卵(たまご)**を**　食(た)べます。
（每天早上吃飯配納豆或者吃麵包配蛋。）

・A：昨日(きのう)、　デパートで　何(なに)**か（を）**　買(か)いましたか。
（A：昨天你在百貨公司有買什麼東西嗎？）
B：はい、　買(か)いました。
（B：有，有買。）
A：何(なに)**を**　買(か)いましたか。
（A：買了什麼呢？）
B：新(あたら)しい服(ふく)**を**　買(か)いました。
（B：買了新衣服。）

## 辨析：

「ください」的意思為「請給我」，屬於較特殊的動詞。若要表達「請給我某物品」，亦是使用助詞「～を」。

・**お金(かね)を　ください。**
（請給我錢。）
・**コーヒーを　ください。**
（請給我咖啡。）
・**その　大(おお)きい　かばんを　ください。**
（請給我那個大包包。）

**・店員：大きい　かばんと　小さい　かばんと　どちらが　いいですか。**

（店員：大包包和小包包，哪個比較好呢／你要哪一個呢？）

**お客：その　大きいのを　ください。**

（顧客：請給我那個大的。）

## 辨析：

動詞「します」可與某些名詞複合成為另一個動詞。因此「宿題を　します」亦可直接複合為「宿題します」來表達。其他還有：「スポーツを　します」→「スポーツします」、「散歩を　します」→「散歩します」。

「Nを　します」為「對象（受詞／目的語）＋動詞」的結構，算是一個完整句子；「Nします」則為複合動詞，屬於一個單字。

此外，若「Nします」前方又有個對象時，一樣是以「〜を　Nします」的結構表達，若要將其還原為「Nを　します」的結構，則必須將「〜を」的部分改為「〜の」，不可同時使用兩個「〜を」，如：

○ **日本語を　勉強します。**

（讀日文。）

○ **日本語の　勉強を　します。**

（讀日文。）

× **日本語を　勉強を　します。**

其他舉例如：「車を　運転します」→「車の　運転を　します」（開車）；「部屋を　掃除します」→「部屋の　掃除を　します」（打掃房間）；「ホテルを　予約します」→「ホテルの　予約を　します」（預約飯店）；「ギターを　練習します」→「ギターの　練習を　します」（練習吉他）…等。

## 隨堂測驗：

01. 毎日　コーヒー（　）　紅茶（　）　飲みます。
    1.を／と　2.と／か　3.か／を　4.を／を

02. 新型コロナウイルス（　）　研究（　）　します。
    1.を／を　2.の／を　3.を／に　4.を／の

解01.（3）　02.（2）

# 45. ～で（場所）

接続：名詞＋で
翻訳：在（某場所）做（某動態動作）。
説明：上一單元我們學習到助詞「で」，若後方動詞為移動動詞「行きます、来ます、帰ります」，且前接的名詞為「飛行機、バス、車、電車…」等交通工具時，則「で」用於表達「移動時，所使用的交通工具」。

本單元則是要學習助詞「で」的另一個用法。若後方動詞為本單元所學習的動態動作，且前接的名詞為「学校、会社、部屋、家、東京…」等表場所的名詞，則用於表達「動作施行的場所」。

・いつも　**教室で**　昼ご飯を　食べます。
（我總是在教室吃中餐。）
・さっき　**スターバックスで**　コーヒーを　飲みました。
（我剛剛在星巴克喝了咖啡。）
・昨日、　友達と　**新宿の　映画館で**　面白い　映画を　観ました。
（昨天和朋友在新宿的電影院看了一部有趣的電影。）
・今晩、　**家で**　日本語の　リスニングの　CD を　聴きます。
（今晚要在家聽日文聽力的 CD。）
・休みの　日は、　一人で　**リビングルームで**　小説を　読みます。
（假日時，獨自一人在起居間閱讀小說。）
・毎日　**部屋で**　日記を　書きます。
（每天在房間寫日記。）
・**秋葉原で**　iPad を　買いませんでした。　**アマゾンで**　買いました。
（我沒有在秋葉原買 iPad。我在亞馬遜買的。）
・毎日　**学校で**　宿題を　します。（＝毎日　学校で　宿題します）
（每天都在學校做作業。）

・A：いつも　**どこで**　食材を　買いますか。
（A：你總是在哪裡買食材呢？）
B：駅前の　スーパーで　買います。
（B：在車站前的超市買。）

A：昨日（きのう）**は** どこで 買（か）いましたか。（「は（対比）」⇒ #47）

（A：那昨天在哪裡買的呢？）

B：昨日（きのう）**は** 食材（しょくざい）を 買（か）いませんでした。 外（そと）で 食（た）べました。

（B：昨天沒有買食材。昨天外食。）

## 辨析：

若「で」的前方為「飛行機、バス、車、電車…」等交通工具，但後方的動詞並非移動動詞「行きます、来ます、帰ります」，而是本單元學習的動態動作動詞，則「飛行機、バス、車、電車…」等，則「で」就不可解釋為交通工具，必須解釋為動作場所。

- **飛行機（ひこうき）で ワインを 飲（の）みました。**

（在飛機上喝酒。）

- **バスで 動画（どうが）を 見（み）ます。**

（在公車上看影片。）

- **電車（でんしゃ）で 小説（しょうせつ）を 読（よ）みます。**

（在電車上讀小說。）

上述的情況，亦可於交通工具後方加上「～の中」，來使語意更清楚。

- **飛行機（ひこうき） の中（なか）で ワインを 飲（の）みました。**

（在飛機上喝酒。）

- **バス の中（なか）で 動画（どうが）を 見（み）ます。**

（在公車上看影片。）

- **電車（でんしゃ） の中（なか）で 小説（しょうせつ）を 読（よ）みます。**

（在電車上讀小說。）

## 隨堂測驗：

01. 毎日、 図書館（ ） 日本語（ ） 勉強（ ） します。

1. の／を／で 2. で／を／を 3. を／で／を 4. で／の／を

02. 新幹線（ ） 中（ ） お弁当（ ） 食べました。

1. で／に／を 2. の／が／を 3. の／で／を 4. で／の／を

解 01.（4） 02.（3）

# 46. ～で（手段）

接続：名詞＋で

翻訳：用（某工具、物品）做（某動作）。

說明：助詞「で」，若後方動詞為本單元所學習的動態動作，且前接的名詞為「お箸、ナイフ、フォーク、鉛筆、ボールペン、パソコン、英語、日本語…」等表示工具或方法的名詞，則用於表達此為「施行此動作的手段、工具或方法」。

・私は　いつも　**お箸で**　ピザを　食べます。

（我總是用筷子吃披薩。）

・昨日、　**日本語で**　手紙を　書きました。

（昨天用日文寫了信。）

・**クレジットカードで**　新しい　パソコンを　買いました。

（我用信用卡買了新電腦。）

・**ワイングラスで**　ワインを　飲みました。

（用酒杯喝了酒。）

飛行機で　（**ワイングラスで**）　ワインを　飲みました。

（在飛機上用酒杯喝了酒。）

・**スマホで**　動画を　見ます。

（用智慧型手機看影片。）

バスで　（**スマホで**）　動画を　見ます。

（在公車上用智慧型手機看影片。）

・**タブレットで**　小説を　読みます。

（用平板電腦閱讀小說。）

電車で　（**タブレットで**）　小説を　読みます。

（在電車上用平板電腦閱讀小說。）

・A：**何で**　ステーキを　食べますか。

（A：用什麼吃牛排呢？）

B：**ナイフと　フォークで**　食べます。

（B：用刀子和叉子吃。）

## 随堂測験：

01. ナイフ（　）　フォーク（　）　ステーキ（　）　食べます。
　1.で／で／を　2.と／で／を　3.を／で／を　4.と／と／を

02. いつも　動画（　）　スマホ（　）　見ます。
　1.を／で　2.で／を　3.で／で　4.を／を

解01.（2）　02.（1）

# 47. ～は（對比）

接続：名詞＋は　or　名詞＋格助詞＋は
翻訳：（有別於 A），B 為…。至於 B，則是…。
説明：助詞「は」除了我們學到目前為止，用來表達「主題」（⇒ #01）、「動作主體」以外，亦可用來表達「對比」。所謂的「對比」，指的就是用來暗示「與別的狀況不同，這個情況則是…」的意思。

・明日、　働きます。　明後日**は**　働きません。
（明天要工作。後天則是不用工作。）

如上例。當我們單純敘述「明天要工作」時，「明日」不需加上助詞。但若接著繼續描述「後天不工作」，則由於說話時已經講了「明天工作」，因此接著提出的「後天」，明顯是用於對照（對比）「明天工作」，而「後天不工作」的。這樣的語境，就稱為「對比」。

表達「對比」時，「被拿來對比」的部分會於後方加上助詞「は」。除了「時間」可拿來對比以外，交通工具、共同動作的對象、動作對象、動作場所、手段方法…等，皆可拿來對比。對比時，僅須將「は」加在「被拿來對比」的部分之後方即可。若「は」前方的助詞為「が」或「を」，則「が」或「を」必須刪除。

・土曜日、　池袋へ　行きます。　日曜日**は**　新宿へ　行きます。
（星期六去池袋。星期天則是去新宿。）
・電車で　東京へ　行きます。　バスで**は**　行きません。
（搭電車去東京。不搭公車去。）
・妹と　東京へ　行きましたが、　弟と**は**　行きませんでした。（「～が」⇒ #67）。
（和妹妹去了東京，但沒有和弟弟去。）
・私は　魚~~を~~**は**　食べますが、　肉~~を~~**は**　食べません。（「～が」⇒ #67）
（我吃魚，但不吃肉。）
・電車で**は**　タブレットで　小説を　読みます。
（< 在別處不見得，但 > 在電車上，我都用平板電腦閱讀小說。）
・電車で**は**　タブレットで　小説を　読みます。　スマホで**は**　読みません。
（在電車上用平板電腦閱讀小說。並不使用智慧型手機閱讀。）

・A：いつも　自転車で　近くの　スーパーへ　行きます。
（A：我總是騎腳踏車去附近的超市。）
B：そうですか。　じゃあ　会社へ**は**　何で　行きますか。
（B：是喔。那你去公司時，都用什麼交通工具呢？）

## 辨析：

・**（肯）私は　お酒を　飲みます。**（我喝酒。）
**（否）私は　お酒（○を／○は）　飲みません。**（我不喝酒。）

・**（肯）私は　日本が　好きです。**（我喜歡日本。）
**（否）私は　中国（○が／○は）　好きでは（じゃ）ありません。**（我不喜歡中國。）

・**（肯）妹と　行きます。**（和妹妹去。）
**（否）弟（○と／○とは）　行きません。**（不和弟弟去。）

否定句時，亦可使用助詞「は」來代替「が」、「を」或者放置於「に」、「で」、「と」、「へ」…等助詞後方。這是因為否定的語境，多半會有與肯定語境的做對比的含義，因此否定句若使用「は」，亦可解釋為本項文法所學習到的表對比的「は」。

## 隨堂測驗：

01. 昨日　新宿へ　行きましたが、　渋谷（　）　行きませんでした。
　1. はも　2. へも　3. へは　4. はへ

02. 私は　漫画（　）　読みません。
　1. が　2. は　3. をは　4. がは

解01.（3）　02.（2）

# 48. ～に（對方）

接続：名詞＋に
翻訳：中文的動作對方以語序決定，無翻譯。
説明：我們在第 44 項文法項目當中學習到，對象（受詞）必須使用「～を」。但動詞「会います」的動作對象並非「物」，而是「人」，因此動作的對象必須使用表「對方」的助詞「～に」。

・昨日(きのう)、　デパートで **友達(ともだち)に** 会(あ)いました。
（昨天在百貨公司見了朋友。）

此外，像是「聞きます（聽）、書きます（寫）、話します（講、告訴）」等動詞，會同時有「表對象（受詞）的物」以及「表對方的人」，則「人」使用「～に」，「物」使用「～を」。（※ 註：部分文法書將「～を」解釋為「直接受詞」；「～に」解釋為「間接受詞」。）

・私(わたし)は **お巡(まわ)りさんに** **道(みち)を** 聞(き)きました。
（我向警察先生問路。）
・昨日(きのう)、 **恋人(こいびと)に** **ラブレターを** 書(か)きました。
（昨天寫了情書給情人。）
・A：**そのことを** **山田(やまだ)さんに** 話(はな)しましたか。
（A：你有告訴山田先生那件事了嗎？）
　B：いいえ、**山田(やまだ)さんに** **は** 話(はな)しませんでした。（「は（対比）」⇒ #47）
（B：不，我並沒有告訴山田先生。）
・A：**そのこと~~を~~は** **誰(だれ)かに** 話(はな)しましたか。（「は」：對象（受詞）移至前方作主題）
（A：那件事，你有告訴別人嗎？）
　B：はい、 話(はな)しました。 春日(かすが)さんに 話(はな)しました。
（B：有，我說出去了。 我告訴春日先生。）

## 辨析：

「～と／に　会います」「～と／に　話します」

我們在上一單元，曾經學習到助詞「～と」。而「会います」與「話します」等動詞，若要表達和誰見面，和誰說話，除了可以使用本單元學習的表「對方」的助詞「～に」以外，亦可使用「～と」。（※ 註：第 06 單元學習到的「～と」為「共同動作」；「会います」前方的「～と」為「相互動作」。）

- **私(わたし)は　友達(ともだち)（○と／○に）　会(あ)います。**
- **私(わたし)は　山田(やまだ)さん（○と／○に）　話(はな)します**

但兩者語意稍有差異。若講「友達と　会います」，意思則是「兩人互相約碰面」，並無誰主動去見誰的問題。但若講「友達に　会います」，意思則是「我單方向去找朋友」，語感上偏向我主動去找對方。「山田さんと　話します」亦然，表示「兩人談話」，並無誰單方面向誰搭話的問題。但若是「山田さんに　話します」，則語感偏向我主動去找對方攀談，我講話，可能山田先生只有聽，並無開口。因此若是要表達「我單方面去告知山田先生某事情」，則會使用「～に」。

## 隨堂測驗：

01. 先週の　パーティー（　）　山本さん（　）　会いました。
　　1. に／と　2. で／に　3. に／を　4. で／を

02. 電話（　）　そのこと（　）　先生（　）　聞きました。
　　1. に／で／を　2. に／を／に　3. で／を／に　4. で／に／を

解 01.（2）　02.（3）

# 49. ～ませんか、～ましょう

接続：動詞ます形＋ませんか／ましょう

翻訳：①你要不要…呢？要不要（一起）…呢？　②（一起）…吧！

説明：①將動詞語尾的「～ます」改為「～ませんか」，主要有兩種用法：一為「建議對方做某事（對方的動作）」、一為「邀約對方一起做某事（兩人一起做動作）」。第二種用法經常會與副詞「一緒に」一起使用。②將動詞語尾的「～ます」改為「～ましょう」，主要有兩種用法：一為「正面積極回應ませんか的邀約」、一為「邀約對方一起做某事（兩人一起做動作）」。

①「～ませんか」：

【建議】

・ちょっと、　休(やす)みませんか。

（你要不要來休息一下呢？）

・A：この　漫画(まんが)を　読(よ)みませんか。　面白(おもしろ)いですよ。

（A：你要不要讀這本漫畫？很有趣喔。）

B：ありがとうございます。　読(よ)みます。

（B：謝謝。我要讀。）

【邀約】

・A：明日(あした)、　（一緒(いっしょ)に）　上野公園(うえのこうえん)へ　行(い)きませんか。

（A：明天要不要一起去上野公園呢？）

B：明日(あした)は　ちょっと…。

（B：不好意思，明天不方便。）

・A：今晩(こんばん)、　一緒(いっしょ)に　ご飯(はん)を　食(た)べませんか。

（A：今晩要不要一起吃個飯啊。）

B：すみません、　今日(きょう)は　ちょっと…。

（B：不好意思，今天不太方便。）

②「～ましょう」：

【正面積極回應「～ませんか」的邀約】

・A：明日、（一緒に）上野公園へ　行きませんか。

（A：明天要不要一起去上野公園呢？）

B：ええ、（一緒に）　行きましょう。

（B：好啊，一起去吧！）

・A：今晩、　一緒に　ご飯を　食べませんか。

（A：今晚要不要一起吃個飯啊。）

B：はい、　一緒に　食べましょう。

（B：好啊，一起吃個飯吧。）

【邀約】

・A：じゃ、　また　後で　ロビーで　会いましょう。

（A：那麼，稍後在大廳見囉。）

B：じゃ、　また　後で。

（B：稍後見。）

・時間ですね。　行きましょう。

（時間差不多了。走吧！）

## 辨析：

「～ましょう」的第二種用法「邀約」與「～ませんか」的第二種用法「邀約」，看起來意思相似，但使用的狀況不同。兩者不同處在於：

「～ませんか」語感上有注重到聽話者的意願，強制性較弱。也因為強制性較弱，使用「～ませんか」詢問時，聽話者若有做此動作的意願，則會使用明確的肯定「はい」或「ええ」來回應。若聽話者沒有做此動作的意願，則亦可使用「ちょっと…。」等婉轉的方式拒絕。

而「～ましょう」則是多用於早已預訂好的計畫或者是長期定下來的習慣，因此語感上較無尊重到聽話者想不想做的意願，聽話者較無選擇說不的權利，因此回應時，多會以重複「～ましょう」的方式來附和說話者，或者就不再回覆。

因此，若是上課時間到了，老師對學生說「來上課吧」，由於上課本是預定好的事情（已排定的行程／課程），不容學生說不，因此這樣的語境，就不可使用「～ませんか」。

・では、　授業（じゅぎょう）を　（○始（はじ）めましょう／×始（はじ）めませんか）。

（那麼，我們開始上課吧。）

## 隨堂測驗：

01. A：一緒に　お茶を　（　）。　B：すみません、　今は　ちょっと…。
    1. 飲みましたか　2. 飲みませんか　3. 飲みませんでしたか　4. 飲みますよ

02. では、　会議を　（　）。
    1. 始めましょう　2. 始めませんか　3. 始めましたか　4. 始めですよ

解 01.（2）　02.（1）

## 文章與對話

（小陳在台上發表作文「私の一日＜我的一天＞」）

私(わたし)は　毎朝(まいあさ)　7時(じ)に　起(お)きます。　そして　朝(あさ)ご飯(はん)を　作(つく)ります。　トーストと　カフェラテか、　おかゆと　味噌汁(みそしる)を　作(つく)ります。　でも、　土曜日(どようび)と　日曜日(にちようび)は　作(つく)りません。（「でも」⇒#70）　ウーバーイーツで　スターバックスの　コーヒーと　パンを　頼(たの)みます。

８時(じ)に　家(いえ)を　出(で)ます。（「～を」⇒#61）　自転車(じてんしゃ)で　日本語学校(にほんごがっこう)へ　行(い)きます。　学校(がっこう)は　９時(じ)から　昼(ひる)１２時(じ)までです。　授業(じゅぎょう)の　後(あと)、　学校(がっこう)の　近(ちか)くの　食堂(しょくどう)か　レストランで　昼(ひる)ご飯(はん)を　食(た)べます。　それから　図書館(としょかん)へ　行(い)きます。　図書館(としょかん)で　その　日(ひ)の　宿題(しゅくだい)を　します。　復習(ふくしゅう)も　します。　でも、　予習(よしゅう)は　しません。

午後(ごご)　恋人(こいびと)の　林(リン)と　一緒(いっしょ)に　スーパーへ　行(い)きます。　晩(ばん)ご飯(はん)の　食材(しょくざい)を　買(か)います。　林(リン)は　水曜日(すいようび)の　夜(よる)　アルバイトを　しますから、　水曜日(すいようび)は　晩(ばん)ご飯(はん)は　作(つく)りません。　お弁当(べんとう)を　買(か)います。　晩(ばん)ご飯(はん)の　後(あと)、　国(くに)の　母(はは)に　電話(でんわ)を　します。

夜(よる)は　インターネットで　国(くに)の　ニュース番組(ばんぐみ)を　見(み)ますが、　ときどき　ドラマも　見(み)ます。（「～が」⇒#67）　そして、　１１時(じ)に　寝(ね)ます。

---

（老師以及同學詢問小陳作文內容）

先生(せんせい)：陳(チン)さん、　国(くに)の　妹(いもうと)にも　電話(でんわ)を　しますか。
陳(チン)　：いいえ。　妹(いもうと)には　電話(でんわ)を　しません。　妹(いもうと)は　仕事(しごと)が　忙(いそが)しいですから。
（「～から」⇒#66）

ルイ：陳(チン)さんは　水曜日(すいようび)　の夜、　一人(ひとり)で　晩(ばん)ご飯(はん)を　食(た)べますか。
陳(チン)　：はい。　水曜日(すいようび)は　一人(ひとり)で、　寂(さび)しいです。
ルイ：じゃあ、　今度(こんど)の　水曜日(すいようび)　一緒(いっしょ)に　晩(ばん)ご飯(はん)を　食(た)べませんか。
陳(チン)　：いいですね。　一緒(いっしょ)に　食(た)べましょう。

## 翻譯

（小陳在台上發表作文「私の一日＜我的一天＞」）

我每天早上七點起床。然後做早餐。我都做吐司跟拿鐵咖啡，或是粥和味增湯。但是，星期六跟星期天不做（早餐）。會使用 Uber Eats（外送 APP）叫星巴克的咖啡和麵包。

八點出家門。騎腳踏車去學校。學校從 9 點開始，直到中午 12 點。下課後，會去學校附近的（日式）食堂或（西式）餐廳吃中餐。然後去圖書館。在圖書館，做當天的功課。也會複習。但是我不預習。

下午，會和我女朋友小林一起去超市。買晚餐的食材。小林星期三晚上要打工，所以星期三不做晚餐。（那天）買便當。晚餐後，我會打電話給我母國的媽媽。

晚上會透過網路看我國家的新聞節目，但有時候也會看連戲劇。然後，11 點睡覺。

（老師以及同學詢問小陳作文內容）

老師：小陳，你也會打電話給你在母國的妹妹嗎？
陳　：不會。我不打電話給妹妹。因為妹妹工作很忙。

路易：小陳，你星期三晚上都一個人吃晚餐嗎？
陳　：是啊。星期三都獨自一人，很寂寞。
路易：那麼，這個星期三，要不要一起吃晚餐。
陳　：好啊。一起吃吧。

# 07 單元小測驗

1. コンビニ（　）　パン（　）　コーヒー（　）　買いました。
   1　の／を／に　　2　で／が／を　　3　で／と／を　　4　を／と／が

2. いつも、　ご飯（　）　納豆（　）、　パン（　）　卵（　）　食べます。
   1　か／を／か／を　　2　と／か／と／か
   3　と／を／と／を　　4　と／か／と／を

3. A：昨日、　池袋で　何（　）　買いましたか。　B：はい、　かばんを　買いました。
   1　かを　　2　を　　3　かが　　4　が

4. ここの　かばん、　素敵ですね。　すみません、　あの　大きい（　）　ください。
   1　を　　2　のを　　3　は　　4　のは

5. 土曜日（　）　いつも　公園（　）　歌（　）　練習（　）　します。
   1　は／で／の／を　　2　に／で／を／を
   3　は／の／を／と　　4　に／は／の／を

6. 私は　ビール（　）　飲みますが、　日本酒（　）　飲みません。
   1　が／は　　2　は／が　　3　が／が　　4　は／は

7. 昨日、　図書館（　）　先生（　）　会いました。　そして、　あのこと（　）　先生（　）　話しました。
   1　は／が／は／に　　2　で／に／を／に
   3　を／に／を／に　　4　で／を／に／を

8. 時間ですね。　授業を　（　）。
   1　始めまして　　2　始めましょう
   3　始めませんでした　　4　始めませんか

9. 昨日、　母と　出掛けました。　父（　）　出掛けませんでした。
   1　では　　2　には　　3　とは　　4　へは

10. 毎日、　復習（　）　しますが、　予習（　）　しません。
    1　は／は　　2　が／が　　3　を／を　　4　も／も

08

# 第 08 單元：存在與所有

50. ～には　～が　あります／います（存在句）
51. ～には　～が　あります／います（所有句）
52. ～は　～に　あります／います（所在句）
53. ～や　（～など）
54. 副詞
55. 數量詞
56. ぐらい、だけ、しか～ない
57. ～に　○回（比例基準）

本單元學習「あります」與「います」兩個動詞。這兩個動詞可用來表「存在」，亦可用來表「所有」。本單元將分別針對這「存在」、「所有」以及「所在」的句型詳細說明。單元後半段則是介紹常與存在句、所有句、所在句一起使用的副詞、數量詞、副助詞以及助詞等表現。

# 第 08 單元：存在與所有

## 50. ～には　～が　あります／います（存在句）

接続：名詞＋には　名詞＋が
常体：ある／いる
翻訳：在（某處）有（某物／某人）
説明：第 07 單元我們學習到的動詞「食べます（吃）、飲みます（喝）、見／観ます（看）、聞／聴きます（聽）、読みます（讀）、書きます（寫）、買います（買）、します（做）」... 等，皆屬於「**動態動作**」，若要表達這些動態動作的施行場所，必須使用助詞「～で」。

本單元學習兩個動詞「あります（有／在，無情物）、います（有／在，有情物）」，屬於「**靜態動詞**」，若要表達「靜態存在的場所」，必須使用助詞「～に」。另外，「存在的主體」則使用助詞「～が」。因此會使用「場所**には**　主體**が**　あります／います」的句型，來表達「某處存在著某物品或某人」。存在主體若為植物或者是物品等無情物，則使用動詞「あります」，存在主體若為人類或動物等有情物，則使用動詞「います」。

・教室**には**　机**が**　あります。
（教室裡有桌子。）
・教室**には**　学生**が**　います。
（教室裡有學生。）
・部屋**には**　テレビ**が**　あります。
（房間裡有電視機。）
・部屋**には**　猫**が**　います。
（房間裡有 < 隻 > 貓。）
・駅の　近く**には**　本屋**が**　あります。
（車站附近有書店。）

若「～には」前方的名詞並非「表場所」的名詞（如：教室、房間…等），而是物品時，則必須加上「上、下、左、右、前、後ろ、中、横、隣、側」等表位置的詞彙來表達其位置。

・テーブルの　上(うえ)**には**　本(ほん)**が**　あります。

（桌上有書。）

・テーブルの　下(した)**には**　犬(いぬ)**が**　います。

（桌子下面有狗。）

・箱(はこ)の　中(なか)**には**　おもちゃ**が**　あります。

（箱子裡有玩具。）

・車(くるま)の　後(うし)ろ**には**　男(おとこ)の子(こ)**が**　います。

（車子後方有<個>男孩子。）

## 辨析：

上述用來表達「存在」的句子，亦可將助詞「～は」省略**（不可省略「～に」）**。

・**教室(きょうしつ)に　机(つくえ)が　あります。**

（教室裡有桌子。）

・**教室(きょうしつ)に　学生(がくせい)が　います。**

（教室裡有學生。）

・**部屋(へや)に　テレビが　あります。**

（房間裡有電視機。）

・**部屋(へや)に　猫(ねこ)が　います。**

（房間裡有<隻>貓。）

・**駅(えき)の　近(ちか)くに　本屋(ほんや)が　あります。**

（車站附近有書店。）

・**テーブルの　上(うえ)に　本(ほん)が　あります。**

（桌上有書。）

・**テーブルの　下(した)に　犬(いぬ)が　います。**

（桌子下面有狗。）

・**箱(はこ)の　中(なか)に　おもちゃが　あります。**

（箱子裡有玩具。）

・**車(くるま)の　後(うし)ろに　男(おとこ)の子(こ)が　います。**

（車子後方有<個>男孩子。）

×**教室(きょうしつ)は　机(つくえ)が　あります。**

## 辨析：

上述用來表達「存在」的句子，其「疑問句」或「否定句」時，主體亦可使用助詞「～は」。使用「～は」時，語感上會多一層「強調找尋特定物品／人物」、「強調否定」的感覺。

・**教室(きょうしつ)には　机(つくえ)（○が／○は）　ありますか。**
　**教室(きょうしつ)に　机(つくえ)（○が／○は）　ありますか。**
（教室裡有桌子嗎？）

・**教室(きょうしつ)には　学生(がくせい)（○が／○は）　いません。**
　**教室(きょうしつ)に　学生(がくせい)（○が／○は）　いません。**
（教室裡沒有學生。）

・**この　部屋(へや)には　テレビ（○が／○は）　ありますか。**
　**この　部屋(へや)に　テレビ（○が／○は）　ありますか。**
（這房間裡有電視機嗎？）

・**部屋(へや)には　猫(ねこ)（○が／○は）　いません。**
　**部屋(へや)に　猫(ねこ)（○が／○は）　いません。**
（房間裡沒有貓。）

・**テーブルの　上(うえ)に（は）　本(ほん)（○が／○は）　ありません。**
（桌上沒有書。）

・**テーブルの　下(した)に（は）　犬(いぬ)（○が／○は）　いません。**
（桌子下面沒有狗。）

・**箱(はこ)の　中(なか)に（は）　おもちゃ（○が／○は）　ありますか。**
（箱子裡面有玩具嗎？）

・**車(くるま)の　後(うし)ろに（は）　子供(こども)（○が／○は）　いますか。**
（車子後方有小孩嗎？）

但若主體部分為「誰、何」等疑問詞時，則「疑問句」時僅可使用助詞「～が」，「否定句」時僅可使用助詞「～も」。

・**教室には　何（○が／×は）　ありますか。**
（教室裡有什麼呢？）

・**教室には　誰（×が／×は／○も）　いません。**
（教室裡沒有任何人。）

・**この部屋には　誰（○が／×は）　いますか。**
（這房間裡有誰在裡面？）

・**部屋には　何（×が／×は／○も）　ありません。**
（房間裡什麼也沒有。）

## 隨堂測驗：

01. この　公園（　）　大きい木（　）　あります。
    1. は／に　2. に／が　3. は／を　4. が／に

02. 会議室には　誰（　）　いません。
    1. は　2. が　3. に　4. も

解 01.（2）　02.（4）

# 51. ～には　～が　あります／います（所有句）

接続：名詞＋には　名詞＋が
常体：ある／いる
翻訳：（某人）擁有（某物／某人）
說明：句型「～には　～が　あります／います」，除了可用於表達上一個文法所介紹的「存在」以外，亦可表達「所有（某人擁有某物品或某人）」。此時「～には」的部分就不是「表場所的名詞」，而是「某人」。以「某人**には**　主體**が**　あります／います」的句型，來表達此人擁有著某物品或某人。

・私**には**　車**が**　あります。
（我有車子。）

・私**には**　息子**が**　います。
（我有兒子。）

・田中さん**には**　お金**が**　あります。
（田中先生有錢。）

・田中さん**には**　恋人**が**　います。
（田中先生有戀人。）

## 辨析：

上述用來表達「所有（擁有）」的句子，亦可將助詞「～に」省略**（省略「～は」較不自然）**。

・**私**は　**車**が　**あります。**（我有車子。）
・**私**は　**息子**が　**います。**（我有兒子。）
・**田中さん**は　**お金**が　**あります。**（田中先生有錢。）
・**田中さん**は　**恋人**が　**います。**（田中先生有戀人／交往中的人。）

**（？）私**に　**車**が　**あります。**

## 辨析：

上述用來表達「所有（擁有）」的句子，其「疑問句」或「否定句」時，主體亦可使用助詞「～は」。使用「～は」時，語感上會多一層「強調詢問特定物品／人物」、「強調否定」的感覺。

・**あなたには　車（くるま）（○が／○は）　ありますか。**
**あなたは　車（くるま）（○が／○は）　ありますか。**
（你有車嗎？）

・**私（わたし）には　息子（むすこ）（○が／○は）　いません。**
**私（わたし）は　息子（むすこ）（○が／○は）　いません。**
（我沒有兒子。）

・**田中（たなか）さんには　お金（かね）（○が／○は）　ありません。**
**田中（たなか）さんは　お金（かね）（○が／○は）　ありません。**
（田中先生沒錢。）

・**田中（たなか）さんには　恋人（こいびと）（○が／○は）　いますか。**
**田中（たなか）さんは　恋人（こいびと）（○が／○は）　いますか。**
（田中先生有戀人／交往中的人嗎？）

但若主體部分為「何」等疑問詞時，則「疑問句」時僅可使用助詞「～が」，「否定句」時僅可使用助詞「～も」。

・**あなたには　何（なに）（○が／×は）　ありますか。**（你有什麼東西呢？）
・**私（わたし）には　何（なに）（×が／×は／○も）　ありません。**（我什麼也沒有。）

## 隨堂測驗：

01. 春日さん（　）　車（　）　あります。
　1. に／に　2. は／が　3. が／を　4. が／に

02. 私（　）　お金（　）　ありません。
　1. に／を　2. は／に　3. には／に　4. には／は

解 01.（2）　02.（4）

# 52. ～は　～に　あります／います（所在句）

接続：名詞＋は　名詞＋に
常体：ある／いる
翻訳：（特定的某物／某人）在（某處）
説明：所謂的「所在」，指的就是將第 50 項文法存在句「場所**には**　主體**が**　あります／います」中，**「主體」的部分移至句首作為談論主題**的一種敘述方式。因此，這個句型多半會使用於一問一答當中，兩人針對某主題（找尋特定物品或人物）時使用。

・A：山田(やまだ)さん**は**、　今(いま)　どこ**に**　いますか。
（A：山田先生現在在哪裡呢？）
B：山田(やまだ)さん**は**、　今(いま)　アメリカ**に**　います。
（B：山田先生現在在美國。）

・A：私(わたし)の　本(ほん)**は**　どこ**に**　ありますか。
（A：我的書在哪裡呢？）
B：あなたの　本(ほん)**は**　机(つくえ)の上(うえ)**に**　あります。
（B：你的書在桌子上。）

・A：リサちゃん**は**　部屋(へや)**に**　いますか。
（A：麗莎在房間裡嗎？）
B：はい、　リサちゃん**は**　部屋(へや)（○に／×には）　います。
（B：是的，麗莎在房裡。）
いいえ、　リサちゃん**は**　部屋(へや)（○に／○には）　いません。
（B：不，麗莎不在房裡。）

## 辨析：

本項文法學習到的「所在」句「～は　～に　あります／います」，在**肯定句**與**疑問句**時，亦可直接使用「～は　～です」句型來取代（#10 - 辨析），但**否定句**時鮮少使用「～は　～ではありません」的表達方式。

**・A：山田さんは、　今　どこですか。**

（A：山田先生現在在哪裡呢？）

**B：山田さんは、　今　アメリカです。**

（B：山田先生現在在美國。）

**・A：私の本は　どこですか。**

（A：我的書在哪裡呢？）

**B：あなたの本は　机の上です。**

（B：你的書在桌子上。）

**・A：リサちゃんは　部屋ですか。**

（A：麗莎在房間裡嗎？）

**B：はい、　リサちゃんは　部屋です。**

（B：是的，麗莎在房裡。）

**いいえ、　リサちゃんは　（？部屋ではありません／○部屋にはいません）。**

（B：不，麗莎不在房裡。）

## 辨析：

存在句「～に（は）　～が　あります／います」與所在句「～は　～に　あります／います」

表存在的「～に（は）　～が　あります／います」用於表達說話者「**單純敘述當下所看到事物**」或「**詢問此處有什麼物品**」時使用；而表所在的「～は　～に　あります／います」，則是「**針對尋找特定人、事物（特定主題）時所給予的回答**」。因此兩者使用的狀況會不一樣。

**【存在句】**

**・あっ、机の上に（は）　本が　あります。**

（啊，桌上有書。）

**・あっ、あそこに（は）　鈴木さんが　います。**

（啊，鈴木在那裡。）

**・A：机の上に（は）　何が　ありますか。**

（A：桌上有什麼東西呢？）

**B：机の上に（は）　本が　あります。**

（B：桌上有書。）

**【所在句】**

・**A：私の　本は　どこに　ありますか。**

（A：我的書在哪裡呢？）

**B：あなた　の本は　机の上に　あります。**

（B：你的書在桌子上。）

## 隨堂測驗：

01. 日本語の　辞書（　）　どこ（　）　ありますか。

　1. は／が　2. に／が　3. は／に　4. には／が

02. すみませんが、　時計売り場（　）　何階ですか。

　1. を　2. に　3. には　4. は

解 01.（3）　02.（4）

# 53. ～や　（～など）

接続：名詞＋や　（名詞＋など）
翻訳：…之類的。…等等。
説明：我們曾經在第 04 單元，學習到助詞「～と」，用來表示「兩個名詞的並列」，例如：「本と鉛筆」、「リンゴとバナナ」…等。而這裡要學習的助詞「～や」，亦是用來表示「兩個名詞的並列」，例如：「本や鉛筆」、「リンゴやバナナ」…等。

相較於「～と」是將所有的東西**全部列出**，「～や」則是**部分列舉**，就只是說出代表性的幾項物品（兩個以上）。亦經常在最後一個名詞後接上「～など（等等）」，語感中帶有除了列舉出的物品以外，還暗示著其他的物品存在。（※註：亦可不加上「～など」，意思不變。）

・机(つくえ)の上(うえ)**には**　本(ほん)と鉛筆(えんぴつ)　**が**　あります。
・机(つくえ)の上(うえ)**には**　本(ほん)や鉛筆(えんぴつ)（など）**が**　あります。

如上例：第一個例句，意思就只是表達「桌上有書與鉛筆」，但若使用「～や　（～など）」，則意思是「桌上有書與鉛筆之類的物品」，暗示除了書與鉛筆以外，還存在著其他的物品，只是沒有講出來。

・私(わたし)の　部屋(へや)**には**　テレビや　パソコン（など）**が**　あります。
（我的房間裡有電視跟電腦之類的東西。）
・学校(がっこう)の　食堂(しょくどう)や　教室(きょうしつ)（など）**には**　テレビ**が**　あります。
（學校的食堂跟教室之類的地方都有電視。）
・公園(こうえん)**には**　犬(いぬ)や　猫(ねこ)（など）**が**　います。
（公園裡面有小狗以及貓咪等動物。）
・妻(つま)や　子供(こども)（など）**は**　アメリカ**に**　います。
（我的妻子跟小孩等家人，都在美國。）

・昨日(きのう)、　肉(にく)や　魚(さかな)（など）**を**　食(た)べました。
（昨天吃了肉跟魚之類的東西。）
・いつも　スマホや　タブレット（など）**で**　動画(どうが)を　見(み)ます。
（我總是用智慧型手機或平板電腦等等來看影片。）

・先週(せんしゅう)の　結婚式(けっこんしき)で、　親戚(しんせき)や　友達(ともだち)（など）**に**　会(あ)いました。

（我在上個星期的結婚典禮，見了親戚與朋友等人。）

・私(わたし)**は**　リンゴや　バナナ（など）**が**　好(す)きです。

（我喜歡蘋果跟香蕉等。）

・私(わたし)**は**　リンゴや　バナナ（など）の　果物(くだもの)**が**　好(す)きです。

（我喜歡蘋果跟香蕉等水果。）

## 辨析：

表全部列舉的「～と」與本文法項目表部分列舉的「～や」，皆只可接續於名詞後方，不可接續於動詞或形容詞後方。

**× 昨日(きのう)　ご飯(はん)　を食(た)べましたと　新宿(しんじゅく)へ　行(い)きました。**

**× 昨日(きのう)　ご飯(はん)　を食(た)べましたや　新宿(しんじゅく)へ　行(い)きました。**

**× この　かばんは　小(ちい)さいと　軽(かる)いです。**

**× この　かばんは　小(ちい)さいや　軽(かる)いです。**

## 隨堂測驗：

01. 箱の　中（　）　古い写真（　）　手紙（　）　あります。
　1. は／や／などが　2. に／と／や　3. には／や／が　4. が／など／や

02. この　日本語学校には、　韓国人（　）　インド人（　）　外国人が　います。
　1. と／と　2. と／や　3. や／など　4. や／などの

解01.（3）02.（4）

# 54. 副詞

説明：副詞用來修飾動詞、形容詞等品詞的狀態、程度…等。例如第 03 單元所學習到的「とても（非常）」，就是用來描述形容詞的程度，如：「とても　寒い」（非常冷）。此外，有些副詞則必須與後述的動詞或形容詞的「否定形」一起使用，如：「あまり　寒くない」（不怎麼冷）。

本項文法學習「たくさん（很多）」、「少し（一些、一點點）」、「あまり～ない（不怎麼）」、「ぜんぜん～ない（完全沒）」四個副詞，可以用來修飾本單元學習到的「あります／います」，來說明其數量的多寡。後兩者必須與「ありません、いません」等否定形一起使用。

・本棚には　本が　**たくさん**　あります。
（書架上有很多書。）

・冷蔵庫には　食べ物が　**少し**　あります。
（冰箱裡有一些食物。）

・私には　お金（○が／○は）　**あまり**　ありません。
（我沒什麼錢。）

・この町には　美味しい店（○が／○は）　**ぜんぜん**　ありません。
（這個地方完全沒有好吃的店。）

・ホテルの　ロビーには　外国人が　**たくさん**　います。
（飯店的大廳有許多外國人。）

・彼には　友達（○が／○は）　**あまり**　いません。
（他沒什麼朋友。）

・公園には　人（○が／○は）　**ぜんぜん**　いません。
（公園裡完全沒人。）

此外，若要描述「人很多」，亦可使用「大勢（おおぜい）」一詞。（※：「大勢」僅能用於「人多」，不可用於動物多或物品多。）

・ホテルの　ロビーには　外国人が　**大勢**　います。
（飯店的大廳有許多外國人。）

## 辨析：

副詞「たくさん」與「大勢」，亦可擺放在名詞的前方，以「たくさんの／大勢の＋名詞が」的形式表達。

- **本棚（ほんだな）には**　たくさんの　**本（ほん）が　あります。**
（書架上有很多書。）
- **ホテルの　ロビーには**　たくさんの　**外国人（がいこくじん）が　います。**
（飯店的大廳有許多外國人。）
- **ホテルの　ロビーには**　大勢（おおぜい）の　**外国人（がいこくじん）が　います。**
（飯店的大廳有許多外國人。）

## 隨堂測驗：

01. この　本屋には　漫画が　（　）　ありません。
1. たくさん　2. 大勢　3. ぜんぜん　4. 少し

02. 空港には　（　）　人が　います。
1. たくさん　2. 大勢の　3. あまり　4. ぜんぜんの

解 01.（3）　02.（2）

# 55. 數量詞

說明：數量詞，就是數字（數詞）＋「本，冊、階、回」…等單位的（助數詞）之組合。我們上一個文法學習到，使用副詞「たくさん、少し、あまり～ない、ぜんぜん～ない」來表達「大概」的量，本項文法則是使用數量詞來表達出「確切」的量。

數量詞擺放的位置與副詞相同。下表整理出 N5 常見的數量詞講法：

| | ～つ | ～人 | ～枚 | ～台 | ～本 | ～匹 | ～杯 |
|---|---|---|---|---|---|---|---|
| 1 | **ひとつ** | **ひとり** | いちまい | いちだい | **いっぽん** | **いっぴき** | **いっぱい** |
| 2 | **ふたつ** | **ふたり** | にまい | にだい | にほん | にひき | にはい |
| 3 | **みっつ** | さんにん | さんまい | さんだい | **さんぼん** | **さんびき** | **さんばい** |
| 4 | **よっつ** | **よにん** | よんまい | よんだい | よんほん | よんひき | よんはい |
| 5 | **いつつ** | ごにん | ごまい | ごだい | ごほん | ごひき | ごはい |
| 6 | **むっつ** | ろくにん | ろくまい | ろくだい | **ろっぽん** | **ろっぴき** | **ろっぱい** |
| 7 | **ななつ** | ななにん／しちにん | ななまい | ななだい | ななほん | ななひき | ななはい |
| 8 | **やっつ** | はちにん | はちまい | はちだい | **はっぽん** | **はっぴき** | **はっぱい** |
| 9 | **ここのつ** | きゅうにん | きゅうまい | きゅうだい | きゅうほん | きゅうひき | きゅうはい |
| 10 | **とお** | じゅうにん | じゅうまい | じゅうだい | **じゅっぽん／じっぽん** | **じゅっぴき／じっぴき** | **じゅっぱい／じっぱい** |
| 疑問 | **いくつ** | なんにん | なんまい | なんだい | **なんぼん** | **なんびき** | **なんばい** |

|  | ～冊 | ～歳 | ～階 | ～回 | ～個 | ～番 | ～円 |
|---|---|---|---|---|---|---|---|
| 1 | **いっさつ** | **いっさい** | **いっかい** | **いっかい** | **いっこ** | いちばん | いちえん |
| 2 | にさつ | にさい | にかい | にかい | にこ | にばん | にえん |
| 3 | さんさつ | さんさい | **さんがい** | さんかい | さんこ | さんばん | さんえん |
| 4 | よんさつ | よんさい | よんかい | よんかい | よんこ | よんばん | よんえん |
| 5 | ごさつ | ごさい | ごかい | ごかい | ごこ | ごばん | ごえん |
| 6 | ろくさつ | ろくさい | **ろっかい** | **ろっかい** | **ろっこ** | ろくばん | ろくえん |
| 7 | ななさつ | ななさい | ななかい | ななかい | ななこ | ななばん | ななえん |
| 8 | **はっさつ** | **はっさい** | **はっかい** | **はっかい** | **はっこ** | はちばん | はちえん |
| 9 | きゅうさつ | きゅうさい | きゅうかい | きゅうかい | きゅうこ | きゅうばん | きゅうえん |
| 10 | **じゅっさつ／じっさつ** | **じゅっさい／じっさい** | **じゅっかい／じっかい** | **じゅっかい／じっかい** | **じゅっこ／じっこ** | じゅうばん | じゅうえん |
| 疑問 | なんさつ | なんさい | **なんがい** | なんかい | なんこ | なんばん | なんえん |

（※ 註：隨著前接的數字不同，數量詞或者數字會產生發音上的變化，詳細請參考上表粗體字部份。）

「～つ」用來數物品的數量，1 ～ 10 為特殊念法，必須死記。
「～人」用來數人數，1~2 人為特殊念法，必須死記。
「～枚」用來數薄片狀物品，例如：「紙、シャツ、チケット…等」。
「～台」用來數可移動的機械物品，例如：「テレビ、車、バイク、パソコン…等」。
「～本」用來數細長型的條狀物，例如：「鉛筆、ボールペン、傘、木…等」。
「～匹」用來數「犬、貓、魚…等」動物。
「～杯」用來數裝入容器中的飲料或食物，例如：「水、コーヒー、ビール、ご飯…等」。

「～冊」為書本的單位。
「～歳」為年齡的單位，亦可寫作「～才」。「二十歳」多唸作「はたち」。
「～階」為樓層的單位。
「～回」為次數的單位。
「～個」用來數小物品，例如：「消しゴム、卵…等」。
「～番」為順序的單位。
「～円」為日圓的單位。

・リンゴを　**2つ**　買いました。

（買了兩個蘋果。）

・ホテルの　ロビーには　外国人が　**二人**　います。

（飯店的大廳有兩位外國人。）

・チケットを　**1枚**　ください。

（請給我一張票。）

・私の　部屋には　パソコンが　**2台**　あります。

（我的房間有兩台電腦。）

・机の　上には　鉛筆が　**2本**　あります。

（桌上有兩支鉛筆。）

・机の　下には　猫が　**2匹**　います。

（桌下有兩隻貓。）

・ビールを　**3杯**　飲みました。

（我喝了三杯啤酒。）

・本棚には　本が　**4冊**　あります。

（書架上有四本書。）

・私は　アメリカへ　**6回**　行きました。

（我去過美國六次。）

・冷蔵庫には　卵が　**5個**　あります。

（冰箱裡有五顆蛋。）

・切手を　**1枚**と　はがきを　**3枚**　ください。

（請給我一張郵票和三張明信片。）

・うちは　4人家族です。　両親と　兄が　**一人**と　私です。

（我家一家四口。雙親和一個哥哥以及我。）

・私の　部屋には、　机が　**1つ**と　椅子が　**2つ**と　ベッドが　**1つ**　あります。

（我的房間有一張桌子跟兩張椅子以及一張床。）

## 辨析：

某些情況，數量詞亦可擺放在名詞的前方，以「數量詞の＋名詞」的形式表達。

**・ホテルの　ロビーには　外国人(がいこくじん)が　二人(ふたり)　います。**
**＝ホテルの　ロビーには　二人(ふたり)の　外国人(がいこくじん)が　います。**
（飯店的大廳有兩位外國人。）

但依照使用的語境，本單元學習的「名詞＋數量詞」與「數量詞の＋名詞」語意上會有不一樣的狀況。例如：

**・その　ボールペンを　２本(ほん)　ください。**
（請給我那款原子筆兩隻。）
**・その　２本(ほん)の　ボールペンを　ください。**
（請給我那兩隻 < 我指的 > 原子筆。）

前者指的是「那個型號的」原子筆，請給我兩隻。並不特定是要哪兩隻。但後者的意思是，說話者想要的，就是說話者手指著的，特定的那兩隻原子筆。

**・昨日(きのう)、　リンゴを　1000円(えん)　買(か)いました。**
（昨天買蘋果買了 1000 日圓。）
**・昨日(きのう)、　1000円(えん)の　リンゴを　買(か)いました。**
（昨天買了 1000 日圓的蘋果。）

前者在語感上偏向「買了許多蘋果，總價 1000 日圓」。後者在語感上則偏向「買了一顆 1000 日圓的蘋果」。

此外，若此名詞後面的助詞不是「が」或「を」，則不可替換。

**・私(わたし)は　アメリカへ　６回(かい)　行(い)きました。**
（我去過六次美國。）
**× 私(わたし)は　６回(かい)の　アメリカへ　行(い)きました。**

## 辨析：

「數量詞＋で」，用來表「總共」。

- **1つ　1000円（えん）です。　5つ（いつ）で　5000円（えん）です。**

（一個一千元。五個總共五千元。）

## 隨堂測驗：

01. その　（　）　漫画を　ください。
　　1．2本　2．2本の　3．2冊　4．2冊の

02. その　ノートを　5冊　ください。　5冊（　）　いくらですか。
　　1．に　2．が　3．で　4．の

解01.（4）　02.（3）

# 56. ぐらい、だけ、しか～ない

接続：数量詞＋ぐらい／だけ／しか
翻訳：①大概…。②③只有…。
説明：①「ぐらい」放在數量詞的後方，用來表示大約的數量，中文翻譯為「左右、大概…」。經常與副詞「だいたい（大約）」一起使用。亦可寫作「くらい」。②「だけ」放在數量詞或名詞後方，用來表示僅有此物或僅有此量等表稀少的意思。中文翻譯為「只有、僅有…」。若使用的句型為「～には　～が　だけ　あります／います」，亦可替換為「～には　～が　だけです」。③「しか」放在數量詞或名詞後方，且後方的動詞會改為否定，與「だけ」意思相近，用來表示僅有此物或僅有此量等表稀少的意思。中文翻譯為「只有、僅有…」。口氣較為強烈，有時還帶有因為稀缺而感到困擾的含義。

①**【ぐらい】**

・私（わたし）の　クラスには、　学生（がくせい）が　25人（にん）**ぐらい**　います。
（我的班上大約有25位學生。）
・私（わたし）は　今（いま）、　現金（げんきん）が　5万円（まんえん）**ぐらい**　あります。
（我現在大概有五萬元左右的現金。）
・私（わたし）は　ハワイへ　5回（かい）**ぐらい**　行（い）きました。
（我去了夏威夷五次左右。）
・飛行機（ひこうき）で　ワインを　10杯（ぱい）**ぐらい**　飲（の）みました。
（我在飛機上喝了十杯左右的酒。）
・今度（こんど）の　夏休（なつやす）みに、　本（ほん）を　5冊（さつ）**ぐらい**　読（よ）みます。
（這次的暑假我大概要讀五本書左右。）
・昨日（きのう）、　12時間（じかん）**ぐらい**　寝（ね）ました。
（昨天睡了大概12小時。）
・ここから　新宿駅（しんじゅくえき）まで、　タクシーで　だいたい　2000円（えん）**ぐらい**です。
（從這裡搭計程車去新宿大概要2000日圓左右。）

②**【だけ】**

・この　クラスには　学生（がくせい）が　10人（にん）**だけ**　（○います／○です）。
　この　クラスに　学生（がくせい）が　10人（にん）**だけ**　（○います／×です）。
（這個班上只有十位學生。）

・本棚には　本が　３冊**だけ**　（○あります／○です）。
本棚に　　本が　３冊**だけ**　（○あります／×です）。
（書架上只有三本書。）

・リンゴを　１つだけ　買いました。
（我只買了一個蘋果。）
・A：ビールを　何杯　飲みましたか。
（A：你喝了幾杯啤酒。）
B：ビールを　１杯**だけ**　飲みました。
（B：我只喝了一杯。）
A：１杯**だけ**？うそ！
（A：只喝一杯嗎？騙誰！）
・夏休みは　図書館へ　１回**だけ**　行きました。
（我暑假只去了一次圖書館。）

・この　教室には　学生**だけ**　（○います／○です）。　先生は　いません。
この　教室に　　学生**だけ**　（○います／×です）。　先生は　いません。
（這個教室裡只有學生，沒有老師。）
・本棚には　日本語の　本**だけ**　（○あります／○です）。英語の　本は　ありません。
本棚に　　日本語の　本**だけ**　（○あります／×です）。英語の　本は　ありません。
（書架上只有日文書，沒有英文書。）

・昨日、　スーパーで　リンゴ**だけ**　買いました。
（昨天在超市只買了蘋果。）
・A：何を　食べましたか。
（A：你吃了什麼。）
B：刺身**だけ**　食べました。
（B：我只吃了生魚片。）
A：刺身**だけ**ですか。
（A：只吃生魚片嗎？）
・日曜日は　図書館**だけ**　行きました。
（星期天只去了圖書館。）

③**【しか～ない】**

・この　クラスには　学生が　10人**しか**　い**ません。**
　この　クラスに　　学生が　10人**しか**　い**ません。**
（這個班上只有十位學生。）

・本棚には　本が　３冊**しか**　あり**ません。**
　本棚に　　本が　３冊**しか**　あり**ません。**
（書架上只有三本書。）

・リンゴを　１つ**しか**　買い**ませんでした。**
（我只買了一個蘋果。）

・A：ビールを　何杯　飲みましたか。
（A：你喝了幾杯啤酒。）
　B：ビールを　１杯**しか**　飲み**ませんでした。**
（B：我只喝了一杯。）
　A：１杯**だけ**？うそ！
（A：只喝一杯嗎？騙誰！）

・夏休みは　図書館へ　１回**しか**　行き**ませんでした。**
（我暑假只去了一次圖書館。）

・この　教室には　学生**しか**　い**ません。**　先生は　いません。
　この　教室に　　学生**しか**　い**ません。**　先生は　いません。
（這個教室裡只有學生，沒有老師。）

・本棚には　日本語の　本**しか**　あり**ません。**　英語の　本は　ありません。
　本棚に　　日本語の　本**しか**　あり**ません。**　英語の　本は　ありません。
（書架上只有日文書，沒有英文書。）

・昨日、　スーパーで　リンゴ**しか**　買い**ませんでした。**
（昨天在超市只買了蘋果。）

・A：何を　食べましたか。
（A：你吃了什麼。）
　B：刺身**しか**　食べ**ませんでした。**
（B：我只吃了生魚片。）
　A：刺身**だけ**ですか。
（A：只吃生魚片嗎？）

・日曜日は　図書館**しか**　行き**ませんでした。**
（星期天只去了圖書館。）

## 隨堂測驗：

01. 本棚に　本が　２冊だけ　（　）。
　1.あります　2.います　3.ありません　4.です

02. 昨日、　パン（　）　１つ（　）　食べませんでした。
　1.が／を　2.しか／だけ　3.しか／を　4.を／しか

解 01.（1）　02.（4）

## 57. ～に　○回（比例基準）

接続：期間名詞＋に
翻訳：（在某期間內）做…次。
説明：若要表示行為發生／施行的比例基準，可使用「○年／○日／○週間／週／月…」等第05單元學習到的表「期間」的詞彙，加上「～に　○回（次數）」，即可表達發生／施行的頻率。亦可加上「ぐらい」、「だけ」、「しか　（～ない）等副助詞」。

・1日に　3回　ご飯を　食べます。
（一天吃三次飯。）
・私は　年に　2回　ハワイへ　行きます。
（我一年去兩次夏威夷。）
・この　薬は　1日に　3回　飲みます。
（這個藥一天吃三次。）

・オリンピックは　4年に　1回です。
（奧運四年一次。）
・日本語の　授業は　週に　1回だけです。
（日文課每週一次。）
・A：週に　何回　スーパーへ　行きますか。
（A：你一週去幾次超市呢？）
B：私は　週に　1回しか　スーパーへ　行きません。
（B：我一週只去一次超市。）
A：週に　1回だけですか。
（A：一週只去一次嗎？）

## 隨堂測驗：

01. 月（　）　1回、　日本料理（　）　食べます。

　　1. に／が　2. が／に　3. に／を　4. は／を

02. 私は　週（　）　2回（　）　会社へ　行きます。

　　1. に／だけ　2. に／しか　3. だけ／に　4. しか／に

解01.（3）　02.（1）

## 文章與對話

（小林留紙條給小陳）

陳へ

今日は　友達と　新宿へ　行きます。　晩ご飯は　作りません。　冷蔵庫に　お弁当が　あります。　電子レンジで　3分間　温めます。　テーブルの　上には　クッキーや　果物も　あります。　飲み物は　キャビネットに　あります。　上から　2番目の　引き出しです。　夜　11時ごろに　帰ります。

林より

（小陳打手機給小林）

陳：もしもし、　うちに　風邪薬か　頭痛薬は　ありませんか。
林：ありますよ、　私の　部屋に。　風邪薬しか　ありませんが。
陳：風邪薬だけですか。
林：どうしたんですか。（「どうしたんですか」⇒發現對方樣子不太對勁，關心詢問對方的常用表現。）
陳：頭が　痛くて、　熱も　少し　あります。
林：そうですか。　じゃあ、　今日は　早く　帰ります。　頭痛薬を　買いますね。
陳：ありがとう。　あっ、　それから、　今週号の　経済雑誌も　1冊　お願いします。

（「～それから」⇒ #68）

## 翻譯

（小林留紙條給小陳）

給小陳

我今天和朋友去新宿。不做晚餐。冰箱裡有便當。用微波爐加熱三分鐘。桌子上還有餅乾跟水果。飲料在櫥櫃裡。從上面數下來的第二個抽屜。晚上 11 點左右會回家。

小林

（小陳打手機給小林）

陳：喂，我們家有沒有感冒藥或頭痛藥呢？

林：有喔，在我房間。但只有感冒藥。

陳：只有感冒藥喔。

林：怎麼了呢？

陳：我頭很痛，而且還有點發燒。

林：是喔。那我今天早點回家。我會買頭痛藥喔。

陳：謝謝。啊，然後，也麻煩（買）一本這個星期的財經雜誌。

# 08 單元小測驗

1. この　町（　）　コンビニが　一軒も　ありません。
   1　には　　2　では　　3　とは　　4　へは

2. 教室には　学生が　一人も　（　）。
   1　あります　　2　います　　3　ありません　　4　いません

3. 私（　）　兄弟（　）　二人　います。
   1　は／に　　2　に／で　　3　には／が　　4　では／を

4. すみませんが、　風邪薬（　）　どこ（　）　ありますか。
   1　が／に　　2　に／が　　3　は／に　　4　に／は

5. 先週、　デパートで　服（　）　靴（　）　買いました。
   1　と／などが　　2　と／などを　　3　や／などが　　4　や／などを

6. 駅まで　タクシーで　800円（　）　です。
   1　しか　　2　ぐらい　　3　も　　4　など

7. 昨日、　リンゴを　1つ（　）　食べませんでした。
   1　ぐらい　　2　だけ　　3　しか　　4　が

8. この　図書館には　日本語の　本が　（　）　あります。
   1　たくさん　　2　大勢
   3　あまり　　4　100本ぐらい

9. 漫画を　2冊　買いました。　2冊（　）　1,500円です。
   1　や　　2　に　　3　で　　4　も

10. 私は　年（　）　3回（　）　大阪へ　行きます。
   1　に／ぐらい　　2　で／しか　　3　に／しか　　4　に／で

# 第 09 單元：其他動詞句

58. ～は　～が　わかります／できます
59. ～は　～に（移動終點）　～を
60. ～は　～に／から（移動起點）　～を
61. ～を（離脫、經過、移動的場域）
62. ～に（移動的目的）
63. もう、まだ

第 06 單元，我們學習了「～は　～へ／に　行きます／来ます／帰ります」等表達「**主體**移動」的句型（移動的部分為主體「～は」），本單元的第 59~60 項文法項目，則是要學習「～は　～に／から　～を」等表達「**對象**移動」的句型（移動的部分為對象「～を」）。對象移動時，移動的東西，除了可以是實質的物品以外，亦可以是資訊或情報等抽象事物。

# 第 09 單元： 其他動詞句

## 58. ～は　～が　わかります／できます

接続：名詞＋は　名詞＋が
常体：わかる／できる
翻訳：懂…。會…。
説明：我們曾經在第 04 單元時，學習到「～は　～が　形容詞」的句型，並說明了若要表達喜好、厭惡、擅不擅長、或者想要的對象時，必須使用助詞「～が」。第 07 單元則是教導讀者，若要表達他動詞的動作作用所及的對象，則是要使用助詞「～を」。

本項文法，則是要告訴讀者，若動詞為「能力」或「知覺」語意的動詞，則對象必須使用助詞「～が」。例如：「わかります（懂）、できます（會）、見えます（看得見）、聞こえます（聽得到）」…等。（※「見えます」與「聞こえます」為 N4 範圍的動詞，因此本單元不練習。）

此外，這裡再學習五個副詞：「よく（很…）／だいたい（大致上…）／少し（一點點…）／あまり（不怎麼…）／ぜんぜん（完全不…）」，來進一步描述程度。「あまり（不怎麼…）」與「ぜんぜん（完全不…）」必須與動詞的否定形一起使用。

**【わかります】**

・私は　日本語が　わかります。
（我懂日語。）

・私は　イギリスの　英語が　**だいたい**　わかります。
（我大概懂英式英文。）

・A：鈴木さんは　英語が　わかりますか。
（A：鈴木先生懂英文嗎？）

B：はい、　**よく**　わかります。
（B：懂，他非常懂。）

B：いいえ、　**ぜんぜん**　わかりません。
（B：不，他完全不懂。）

・マイケルさんは　漢字(かんじ)が　**少(すこ)し**　わかります。
（麥可先生懂一點點漢字。）

・ダニエルさんは　漢字(かんじ)が　**あまり**　わかりません。
（丹尼爾先生不怎麼懂漢字。）

**【できます】**

・私(わたし)は　日本語(にほんご)が　できます。
（我會日文。）

・A：鈴木(すずき)さんは　フランス語(ご)が　できますか。
（A：鈴木先生會法文嗎？）

B：はい、　**少(すこ)し**　できます。
（B：會，稍微會。）

B：いいえ、　**あまり**　できません。
（B：不，不怎麼會。）

B：いいえ、　**ぜんぜん**　できません。
（B：不，完全不會。）

## 隨堂測驗：

01. A：林さん（　）　料理（　）　できますか。　B：いいえ、　できません。
　1. は／が　2. に／を　3. が／に　4. を／が

02. 中村さんは　フランス語が　（　）　わかります。
　1. とても　2. あまり　3. よく　4. ぜんぜん

解 01.（1）　02.（3）

# 59. ～は　～に（移動終點）　～を

接続：名詞＋は　名詞＋に　名詞＋を
常体：あげる、貸す、教える、書く、（電話を）かける
翻訳：給出去、借出、教、寫給、打電話給…。
説明：本文法學習五個具有「移動（移出）」語意的動詞：「あげます、貸します、教えます、書きます、（電話を）かけます」。動作的主體使用助詞「～は」、物品或訊息的接收者（移動的終點）使用助詞「～に」、移動的物品或者被傳遞的訊息使用助詞「～を」。

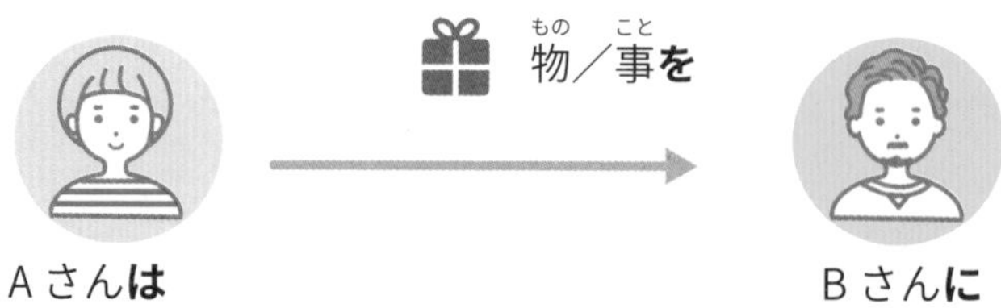


・私**は**　春日さん**に**　本**を**　あげました。
（我給春日先生書。）
・妹**は**　友達**に**　お金**を**　貸しました。
（妹妹借朋友錢。）
・山田さん**は**　フランス人**に**　日本語**を**　教えます。
（山田先生教法國人日文。）
・私**は**　恋人**に**　手紙**を**　書きました。
（我寫信給情人。）
・あなた**は**　毎日、　家族**に**　電話**を**　かけますか。
（你每天都打電話給家人嗎？）

・私は　春日さんに、　**新しい**　本を　**1冊**　あげました。
（我給春日先生一本新書。）
・妹は　友達に　お金を　**100万円ぐらい**　貸しました。
（妹妹借朋友大約100萬日圓的錢。）
・山田さんは　**大学で**　フランス人に　日本語を　教えます。
（山田先生在大學教法國人日文。）

・私は　**スマホで**　大学の　先生に　メールを　書きました。
（我用智慧型手機寫 E-mai 給大學老師。）
・（私は）　昨日、　**LINE で**　アメリカの　家族に　電話を　かけました。
（我昨天用 Line 打電話給在美國的家人。）

・A：**誰**に　手紙を　書きましたか。
（A：你寫了信給誰呢？）
B：弟 に　手紙を　書きました。
（B：我寫了信給弟弟。）
A：ご両親に**も**　手紙を　書きましたか。
（A：你也寫了信給父母嗎？）
B：はい、両親に**も**　手紙を　書きました。
（B：是的，我也寫了信給父母。）
いいえ、両親に**は**　手紙を　書きませんでした。
（B：不，我並沒有寫信給父母。）

## 隨堂測驗：

01. スミスさんは、　高校（　）　日本人（　）　英語（　）　教えます。
1. に／を／に　2. を／に／で　3. で／に／を　4. に／に／を

02. A：スミスさんは、　子供（　）　英語を　教えますか。
B：いいえ、　子供（　）　教えません。
1. でも／では　2. では／でも　3. にも／には　4. には／にも

解 01.（3）　02.（3）

# 60. ～は　～に／から（移動起點）　～を

接続：名詞＋は　名詞＋に／から　名詞＋を
常体：もらう、借りる、習う、聞く
翻訳：得到、借入、學、問…。
説明：本文法延續上一項文法，學習四個具有「移動（移入）」語意的動詞：「もらいます、借（か）ります、習（なら）います、聞（き）きます」。動作的主體使用助詞「～は」、物品或訊息的發出者（移動的起點）使用助詞「～に」或「～から」、移動的物品或者被傳遞的訊息使用助詞「～を」。

・私（わたし）**は**　鈴木（すずき）さん（○**に**／○**から**）　お土産（みやげ）**を**　もらいました。
（我從鈴木先生那裡得到紀念品。）

・弟（おとうと）**は**　恋人（こいびと）（○**に**／○**から**）　お金（かね）**を**　借（か）りました。
（弟弟向他的男／女朋友借了錢。）

・山田（やまだ）さん**は**　ルイスさん（○**に**／○**から**）　英語（えいご）**を**　習（なら）いました。
（山田先生向路易斯學習英語。）

・私（わたし）**は**　春日（かすが）さん（○**に**／○**から**）　そのこと**を**　聞（き）きました。
（我從春日先生那裡聽到了那件事。）

・私（わたし）は　鈴木（すずき）さん（○に／○から）　旅行（りょこう）の　お土産（みやげ）を　**たくさん**　もらいました。
（我從鈴木先生那裡得到很多他旅行時買的紀念品。）

・あなたは　**誰（だれ）**（○に／○から）　お金（かね）を　借（か）りましたか。
（你向誰借了錢呢。）

・山田（やまだ）さんは　**市民（しみん）センターで、**　外国人（がいこくじん）（○に／○から）　英語（えいご）を　習（なら）いました。
（山田先生在市民中心向外國人學習英語。）

・私（わたし）は　**電話（でんわ）で、**　春日（かすが）さん（○に／○から）　そのことを　聞（き）きました。
（我透過電話從春日先生那裡聽到了那件事。）

・A：鈴木さん（○に／○から）　**何**を　もらいましたか。
（A：你從鈴木那裡得到了什麼東西呢？）
B：カステラを　もらいました。　旅行の　お土産です。
（B：我收到了長崎蛋糕。是他旅行時買的伴手禮。）
A：他に、何**か**（を）　もらいましたか。
（A：其他還有拿了什麼東西嗎？）
B：はい、クッキー**も**　もらいました。
（B：有，我也拿到了餅乾。）
いいえ、カステラ**だけ**　もらいました／カステラ**だけです。**
（B：沒有，只有長崎蛋糕。）

## 辨析：

表進來的動詞，移動的起點可以使用助詞「に」，亦可使用「から」。若移動的起點不是人，而是公司或學校等組織時，則僅可使用「から」。

**・私は　銀行（×に／○から）　お金を　借りました。**
（我向銀行借了錢。）

## 隨堂測驗：

01. 去年の　誕生日（　）　恋人（　）　ネックレス（　）　もらいました。
1. が／に／を　2. に／から／を　3. に／に／が　4. は／から／に

02. 中村さんは、　国（　）　給付金（　）　もらいました。
1. に／を　2. を／に　3. で／を　4. から／を

解 01.（2）　02.（4）

# 61. ～を（離脱、經過、移動的場域）

接続：名詞＋を

常体：① 出る、降りる、離れる　② 渡る、歩く、下りる、登る、通る
　　　③ 散歩する、飛ぶ

翻訳：① 出去、下（車）、離開　② 渡／穿越、走、下（樓梯）、爬、經過
　　　③ 散步、飛。

説明：我們在第 07 單元學習到，動詞的動作作用所及的對象，使用助詞「～を」。我們也在上兩項文法中學習到，移動的物品或者被傳遞的訊息使用助詞「～を」。本文法項目則是要學習，① 若動詞為表離脫、離開語意的「出ます、降ります（N4）、離れます（N3）」，則助詞「～を」用於表達**離脫**的場域；② 若動詞為表行經、經過語意的「渡ります、歩きます、下ります、登ります、通ります（N4）」，則助詞「～を」用於表達**經過**的場域；③ 若動詞為在某空間移動語意的「散歩します、飛びます」，則助詞「～を」用於表達**移動**的場域。

① **【離脱的場域】**

・妻は　昨日、　家**を**　出ました。

（我老婆昨天離開家裡了。）

・電車**を**　降ります。　そして、　新幹線に　乗ります。

（下電車。然後搭上新幹線。）

② **【經過的場域】**

・あの　小学生は、　一人で　道路**を**　渡りました。

（那個小學生獨自一人過了馬路。）

・一人で　山道**を**　歩きました。

（一個人行經山路。）

・A：すみませんが、　トイレは　どこですか。

（A：不好意思，請問廁所在哪裡？）

B：地下１階です。　この　階段**を**　下ります。

（B：在地下一樓。要下這個樓梯。）

・明日、　友達と　山**を**　登ります。

（明天要和朋友登山。）

・（タクシーで）次の　角**を**　右に／へ　曲がって　ください。（「～てください」⇒ #85）

（< 在計程車上 > 下一個轉角請右轉。）

③【移動的場域】

・A：一緒に　公園**を**　散歩しませんか。
（A：要不要一起在公園散步呢？）
B：ええ、　散歩しましょう。
（B：好啊。去散步吧。）

・鳥は　空**を**　飛びます。
（鳥兒在空中飛。）

## 辨析：

「山**に**　登ります」與「山**を**　登ります」的異同

我們在第 06 單元時學習到，助詞「～に」可用於表移動動詞的「目的地」。「登ります」亦為移動動詞。因此「山に登ります」語感上偏向「朝向山頂這個目的地，出發前進」。

本項文法學習到，助詞「～を」可用來表達「經過的場域」。因此「山を登ります」語感上偏向「從山底下爬到山頂，行經整座山」。

## 辨析：

「公園**で**　散歩します」與「公園**を**　散歩します」的異同

我們在第 07 單元時學習到，助詞「～で」可用於表「動作的施行場所」。「散歩します」亦為動態動作。因此「公園で散歩します」語感上偏向「在公園實行散步這個動作，語感上在公園的某一處，做散步這個動作」。

本項文法學習到，助詞「～を」可用來表達「移動的場域」。因此「公園を散歩します」語感上偏向「在公園裡移動，語感上移動範圍涵蓋整個公園」。

也因此，如果像是紐約的中央公園，或者立川的國營昭和紀念公園這種佔地非常廣大的公園，若是講「公園を散歩します」，則感覺上將會花費好幾個小時。

## 隨堂測驗：

01. 毎朝、　犬（　）　近くの　公園（　）　散歩します。
　1. を／を　2. を／に　3. に／を　4. と／を

02. 次の　交差点（　）　右（　）　曲がります。
　1. を／に　2. に／を　3. が／へ　4. で／を

解 01.（4）　02.（1）

# 62. ～に（移動的目的）

接続：名詞＋に
常体：～に行く、～に来る、～に帰る
翻訳：去／來／回來（的目的是）做…。
説明：助詞「～に」可用來表「移動的目的」，與第 06 單元學習到的移動動詞「行きます、来ます、帰ります」一起使用。「～に」的前方為「動作性語意」的名詞，如：買い物、勉強、散歩…等，或是「動詞連用形（去掉ます後的型態）」，如：食べ、遊び、見…等。意思是「（去、來、或回來）等移動的目的，是…」。

・明日、　デパート（○へ／○に）　買い物**に**　行きます。
（明天要去百貨公司買東西。）
・一緒に　図書館（○へ／○に）　勉強**に**　行きませんか。
（要不要一起去圖書館讀書啊？）
・昨日、　新宿（○へ／○に）　遊び**に**　行きました。
（昨天去新宿玩。）
・家には　大きい　クリスマスツリーが　ありますよ。　見**に**　来ませんか。
（我家有很大的聖誕樹喔。要不要來看啊。）
・来年、　妻と　船で　ヨーロッパ（○へ／○に）　旅行**に**　行きます。
（明年我要和老婆搭船去歐洲旅行。）

・明日、　うち（○へ／○に）　私の　料理を　食べ**に**　来ませんか。
（明天要不要來我家吃我做的料理呢？）
・田舎（○へ／○に）　両親に　会い**に**　帰りました。
（我回家鄉見了雙親。）
・A：アメリカ（○へ／○に）　何を　し**に**　行きますか。
（A：你去美國幹什麼呢？）
B：英語を　勉強し**に**　行きます。／　英語の　勉強**に**　行きます。（⇒ #44- 辨析）
（B：去學英文。）

## 隨堂測驗：

01. 昨日、　横浜（　）　中華料理（　）　食べ（　）　行きました。
　1. へ／に／を　2. へ／を／に　3. に／が／を　4. で／に／を

02. 明日、　池袋の　映画館へ　映画を　（　）。
　1. 見ます　2. 行きます　3. 見に行きます　4. 行きに見ます

解 01.（2） 02.（3）

# 63. もう、まだ

翻訳：已經…。還沒…。

說明：我們在第 05 單元學習到，動詞若以「～ました」結尾，則表示「過去肯定」。其實「～ました」除了可以表達「過去肯定」以外，亦可與副詞「もう（已經）」一起使用，表達「完成」；或使用副詞「まだ（還沒）」，表達「尚未完成」。

・A：昨日、　晩ご飯を　食べましたか。
（A：昨天有吃晚餐嗎？）
　B：はい、　食べました。
（B：有，吃了。）
　　いいえ、　食べませんでした。
（B：不，沒吃。）

上述例句詢問昨天發生的事情，若昨晚有吃晚餐，則使用過去肯定「～ました」回答；若昨晚沒吃晚餐，則使用過去否定「～ませんでした」回答。這是我們在第 05 單元學習到的用法。

（午後８時に）
・A：もう　晩ご飯を　食べましたか。（○晩ご飯を　食べましたか）
（A：你已經吃晚餐了嗎？）
　B：はい、　もう　食べました。（○はい、食べました）
（B：是的，已經吃了。）
　　いいえ、　まだです。（× いいえ、食べませんでした）
（B：不，還沒吃。）

上述例句為晚上八點時詢問今天有無吃晚餐。八點雖然已經很晚，但如果有心要吃晚餐，仍來得及吃今天的晚餐。回答時，如果已經吃了，除了直接回答「はい、食べました」以外，亦可配合副詞「もう（已經）」，來強調動作的完成。如果還沒吃，則回答「いいえ、まだです」即可。不可使用過去否定「食べませんでした。」因為此處並非要表達「過去否定（已經來不及做了）」，而是要表達「尚未完成（還來得及做）」。

・A：もう　宿題を　しましたか。
（A：你已經做完功課了嗎？）

B：はい、　もう　しました。
（B：是的，已經做完了。）

いいえ、　まだです。　後で　します。
（B：不，還沒做。我等一下會做。）

・A：もう　デパートへ　買い物に　行きましたか。
（A：你已經去百貨公司買東西了嗎？）

B：はい、　もう　行きました。
（B：是的，已經去了。）

いいえ、まだです。　これから　行きます。
（B：不，還沒去。我現在就去。）

## 隨堂測驗：

01. A：先週、　京都へ　行きましたか。　B：いいえ、　（　）。
    1. 行きました　2. 行きませんでした　3. まだです　4. までした

02. A：鈴木さんは　もう　京都へ　行きましたか。　B：いいえ、　（　）。
    1. 行きました　2. 行きませんでした　3. まだです　4. までした

解01.（2）　02.（3）

## 文章與對話

（春日老師正在對明日要代課的佐藤老師說明）

この　クラスの　生徒たちは　日本語が　だいたい　わかります。　３人の　アメリカ人の　生徒は　漢字が　ぜんぜん　わかりません。　授業の　時、　アメリカ人の　生徒たちにだけ　この　単語リストを　あげます。

授業の　前、　事務室へ　CD プレーヤーを　借りに　行きます。　授業の　後、　生徒たちから　宿題の　作文を　もらいます。　作文は　私の　研究室に　置きます。　私の研究室は　地下１階に　あります。　あそこの　階段を　下ります。

---

（代課老師佐藤老師詢問春日老師更多細節）

佐藤：事務室には　教師用の　教科書は　ありますか。

春日：いいえ、　ありません。　私のを　貸します。

佐藤：ありがとうございます。　それから、　授業では　学生たちに　文法を　教えますか。

春日：いいえ、　教えません。　文法は　来週、　私が　教えます。（※註）　あっ、　もう　１時半ですね。　佐藤先生は　もう　昼ご飯を　食べましたか。

佐藤：いいえ、　まだです。

春日：学校の　近くに　美味しい　お寿司屋さんが　あります。　一緒に　食べに　行きませんか。

佐藤：はい、　是非。

（※註：「私**は**　文法**を**　教えます」→「文法**は**　私**が**　教えます」。此為將「文法**を**」移至句首當做談論主題的描述方式。這種情況下動作主體「私」會使用助詞「が」。）

## 翻譯

（春日老師正在對明日要代課的佐藤老師說明）

這個班級的學生，日文大致上都懂。三位美國人學生漢字完全不懂。上課的時候，僅給美國學生這個單字表。

上課前，去辦公室借 CD 播放機。上課後，向學生收取作文作業。作文放在我的研究室。我的研究室在地下室一樓。從那個樓梯走下去。

（代課老師佐藤老師詢問春日老師更多細節）

佐藤：辦公室有教師用的教科書嗎？

春日：沒有。我的借你

佐藤：謝謝。然後，在課堂上，要教導學生文法嗎？

春日：不用教。文法下個禮拜我來教。
啊，1 點半了耶。佐藤老師你吃中餐了嗎？

佐藤：還沒吃。

春日：學校附近有好吃的壽司店，要不要一起去吃啊？

佐藤：好的，務必（讓我伴陪）。

# 09 單元小測驗

1. ルイさん（　）　日本語（　）　少し　わかります。
   1　の／は　　2　は／を　　3　が／で　　4　は／が

2. A：その　かばん、　どこで　買いましたか。　B：これは　彼氏に　（　）。
   1　買いました　　2　作りました　　3　もらいました　　4　あげました

3. 昨日、　学校（　）　先生（　）　その　話（　）　聞きました。
   1　に／で／を　　2　で／を／に　　3　で／から／を　　4　から／に／を

4. 明日、　友達と　高尾山（　）　山（　）　登り（　）　行きます。
   1　で／に／を　　2　を／へ／に　　3　へ／を／に　　4　に／に／に

5. 私は　毎日、　8時ごろに　家（　）　出ます。
   1　を　　2　で　　3　が　　4　に

6. 来年、　フランス（　）　美術（　）　勉強（　）　行きます。
   1　で／を／しに　　2　へ／を／に　　3　に／の／に　　4　へ／の／しに

7. A：Bさん、　大学の　授業は　始まりましたか。
   B：いいえ、　（　）です。　来月　始まります。
   1　とても　　2　また　　3　もう　　4　まだ

8. A：先週の　連休、　田舎へ　ご両親に　会いに　帰りましたか。
   B：いいえ、　（　）。
   1　もう　帰りませんでした　　2　帰りませんでした
   3　まだです　　4　まだ　帰りました

9. この　テーブルは　兄（　）　作りました。
   1　を　　2　が　　3　や　　4　で

10. 私は　魚が　好きです。　その　魚（　）　私（　）　食べます。
   1　を／に　　2　が／を　　3　は／が　　4　は／を

10

# 第 10 單元：複句與接續詞

64. ～たい
65. ～ながら
66. ～から
67. ～が
68. そして、それから（連續動作）
69. そして、それから（列舉並列）
70. しかし、でも（逆接）
71. それでは（話題展開）

本單元開始正式進入所謂的複句，也就是將兩個句子串連再一起使用的用法。隨著前後兩句的意思以及用法的不同，接續的方式也分別不同。此外，本單元也將學習 N5 當中重要的幾個接續詞。第 64 項文法項目則是學習表達「想要做某行為」時的講法。

# 第 10 單元： 複句與接續詞

## 64. ～たい

接続：動詞~~ます~~＋たい
敬体：～たいです
活用：（否定）～たくない／～たくありません
翻訳：想做…。
説明：我們曾經在第 04 單元學習到，若要表達第一人稱「想要某物品」，只要使用「私は　～が　欲しいです」的表達方式即可。這裡，我們要學習，若要表達第一人稱「想要做某行為／動作」，則只需將動詞的「ます」去掉，改為「たい（常體）／たいです（敬體）」即可。若要表達否定「不想做某動作／行為」，則比照イ形容詞的變化：常體為「～たくない」，而其敬體有兩種表達方式，分別為「～たくないです」「～たくありません」。

・ご飯を　食べます。　→（肯定）　ご飯（○を／○が）　食べたいです。
（否定）　ご飯（○を／○が）　食べたくないです。
食べたくありません。

・日本へ　行きます。　→（肯定）　日本（○へ／×が）　行きたいです。
（否定）　日本（○へ／×が）　行きたくないです。
行きたくありません。

若動詞之動作的對象使用助詞「～を」，則亦可將「～を」替換為「～が」。其他助詞不可改為「～が」。（※ 註：「～たい」與「～欲しい」皆不可使用於第三人稱。第三人稱的講法請參考『穩紮穩打！新日本語能力試驗 N4 文法』第 147 項文法。）

・私は　ハワイへ　行きたいです。
（我想去夏威夷。）

・ファーストクラスで　ハワイへ　行きたいです。
（我想搭頭等艙去夏威夷。）

・ハワイで　美味しい　食べ物（○を／○が）　食べたいです。
（我想在夏威夷吃好吃的食物。）

・ハワイの　お土産（○を／○が）　いっぱい　買いたいです。
（我想買很多夏威夷的伴手禮。）

・私は　勉強したくないです／勉強したくありません。
（我不想讀書。）
・今日は　何**も**　したくないです／したくありません。（「も」⇒ #50- 辨析）
（今天我什麼都不想做。）
・今日は　誰**にも**　会いたくないです／会いたくありません。
（今天我不想見任何人。）

## 辨析：

使用第二人稱，詢問他人的願望以及想要的物品時，若使用「～たいですか」、「欲しいですか」，文法上並無錯誤，但語感上會讓人感到唐突，尤其是對於老師或者上司等，更是顯得失禮。若不是關係非常親密或友人等平輩的關係，建議別使用這種方式詢問。

**・生徒：？ 先生、　コーヒーを　飲みたいですか。**
（老師你想喝咖啡嗎？）
**○ 先生、　コーヒーを／は　いかがですか。**
（老師，要不要來杯咖啡呢？）

此外，其否定形「～たくないです／たくありません」、「～欲しくないです／欲しくありません」語感上為強烈的否定，因此若使用於別人的邀約或建議，視情況可使用口氣更和緩的「～ちょっと…」，以拐彎抹角的方式婉拒，不直接拒絕。

**・男：私と　結婚しましょう。**
（跟我結婚吧。）
**女：あなたが　大嫌いです。　あなたと　結婚したく　ないです／ありません。**
（我最討厭你了。我才不想跟你結婚。）（※ 註：此為強烈拒絕時的講法）
**女：あなたは　私の　友達です。**
（你是我的朋友。）（※ 註：此為拐彎抹角拒絕時的講法）

・**友達（ともだち）：一緒（いっしょ）に　飲（の）みに　行（い）きませんか。**

（要不要一起去喝一杯啊。）

**私（わたし）　：今日（きょう）は　ちょっと…。**

（我今天有點不方便。）

## 随堂測驗：

01. 疲れました。　今日は　早く　（　）。

1. 寝ましたい　2. 寝ますたい　3. 寝たいです　4. 寝たくないです

02. 日本（　）　働きたいです。

1. が　2. で　3. へ　4. を

解01.（3）　02.（2）

# 65. ～ながら

接続：動詞~~ます~~＋ながら
翻訳：一邊…一邊…。
説明：「～ながら」用於將 A、B 兩個句子，串聯成一個句子。使用「A ながら、B」的形式，表達此人在做 B 這件事情（動作）的時候，同時做 A 這件事情（動作）。B 為主要動作。接續時，僅需將 A 句動詞的「～ます」改為「～ながら」即可。例如：「テレビを　見ます」＋「ご飯を　食べます」＝テレビを　見ながら、ご飯を　食べます。

・テレビを　見(み)ながら、　ご飯(はん)を　食(た)べます。
（一邊看電視一邊吃飯。）
・コーヒーを　飲(の)みながら、　小説(しょうせつ)を　読(よ)みます。
（一邊喝咖啡一邊讀小說。）
・音楽(おんがく)を　聞(き)きながら、　掃除(そうじ)を　します。
（一邊聽著音樂一邊掃地。）
・辞書(じしょ)を　調(しら)べながら、　日本語(にほんご)で　手紙(てがみ)を　書(か)きました。
（邊查字典邊用日文寫信。）
・歩(ある)きながら、　話(はな)しましょう。
（我們邊走邊聊。）

## 辨析：

「～ながら」的前後 A、B 兩句，一定得是同一個人的動作。

**× 姉(あね)が　テレビを　見(み)ながら、　私(わたし)は　ご飯(はん)を　食(た)べます**

## 辨析：

「～ながら」的 A 句，其動作一定得是「持續性」的動作，不可為一瞬間的動作。

**× 友達(ともだち)から　お金(かね)を　借(か)りながら、　買(か)い物(もの)を　します。**
**× 新宿(しんじゅく)へ　行(い)きながら、　本(ほん)を　読(よ)みます。**

## 辨析：

「働きながら、大学で　勉強します」與「大学で　勉強しながら、働きます」兩者的不同，在於哪個動作是主要動作。

主要動作為後句Ｂ句，因此第一句話的主要動作為「勉強します」，意思是這個人本職是學生，但（因為經濟因素）不得不半工半讀。第二句話的主要動作為「働きます」，意思是這個人的本職是上班族（社會人士），為了進修而（可能於空閒時間）上大學或大學夜間部。

## 隨堂測驗：

01.（　）ながら、　話しましょう。
　1. 新宿へ行き　2. 電車に乗り　3. お茶を飲み　4. 電話をかけ

02. 新聞（　）　読みながら、　ご飯（　）　食べます。
　1. が／を　2. を／が　3. が／が　4. を／を

解 01.（3）　02.（4）

# 66. ～から

接続：句子＋から
翻訳：因為…所以…。
説明：「～から」用於將 A、B 兩個句子，串聯成一個句子。使用「A から、B」的形式，表達 A 句為 B 句的原因・理由（順接）。亦可使用「A から…。」省略掉 B 的形式，或者是「B。A から。」的倒裝形式表達。接續時，僅需直接將「～から」放置於 A 句的後方即可。A、B 兩句可為動詞句、形容詞句或名詞句。

（※ 註：「～から」並不像「～ながら」這樣，有動作者必須同一個人的制約，也沒有必須是持續性動詞的規定。）

・私は　仕事が　ありますから、　今日は　友達と　新宿へ　行きませんでした。
（因為我有工作要做，所以今天沒有和朋友去新宿。）

・妻は　昨日　家を　出ましたから、　今日は　自分で　晩ご飯を　作ります。
（我老婆昨天離家出走了，所以今天我自己做晚餐。）

・マイケルさんは　日本語が　よく　わかりませんから、　英語で　話しました。
（因為麥克先生不怎麼懂日文，所以我用英文講。）

・今日は　日曜日ですから、　家で　ゆっくり　休みたいです。
（今天是星期天，所以我想好好在家休息。）

・あの　店の　ケーキは　美味しいですから、　いっぱい　買いました。
（那間店的蛋糕很好吃，所以我買一堆。）

・札幌の　ラーメンが　食べたいですから、　飛行機で　札幌へ　行きました。
（因為我想吃札幌的拉麵，所以搭飛機去了札幌。）

・A：B さん、　一緒に　飲みに　行きませんか。
（A：B 先生，要不要一起去喝一杯呢？）

B：すみません、　今日は　妻と　買い物に　行きますから…。
（B：不好意思，今天我要和老婆去買東西。）

・今日は　何も　したくないです。　疲れましたから。
（今天什麼都不想做。因為我累了。）

・昼ご飯は　まだですから、　仕事を　しながら　食べます。
（因為中餐還沒吃，所以一邊工作一邊吃。）

・私は　お金が　ありませんから、　働きながら　大学で　勉強します。
（因為我沒有錢，所以半工半讀唸大學。）

## 辨析：

表原因・理由的「～から」文法上屬於「接續助詞」，因此必須接續在句子的後方。「因為生病，所以沒去公司」正確的講法如下：

○ **病気ですから、　会社へ行きませんでした。**
× **病気から、　会社へ行きませんでした。**

第二句為學習者常見的誤用。「病気から」為名詞直接加上「から」。像這樣直接接續在名詞後方的「～から」，會被解釋為「格助詞」，意思為「從…」（起點）。例如：「台北から高雄まで」。因此請留意，若為名詞時，必須要有「です（敬體）」或「だ（常體）」。

## 辨析：

本項文法亦可改為接續詞「ですから（だから）」的表達方式。以「A 句。ですから、B 句」的型態表達。（※ 註：「ですから」為敬體，「だから」為常體。）

・**私は　仕事が　あります。　ですから、　今日　友達と　新宿へ　行きませんでした。**
（我有工作要做。因此，今天沒有和朋友去新宿。）

・**妻は　昨日　家を　出ました。　ですから、　今日は　自分で　晩ご飯を　作ります。**
（我老婆昨天離家出走了。所以今天我自己做晚餐。）

・**マイケルさんは　日本語が　よく　わかりません。　ですから　英語で　話しました。**
（麥克先生不怎麼懂日文。因此我用英文講。）

・**今日は　日曜日だ。　だから　家で　ゆっくり　休みたい。**
（今天是星期天。所以，我想好好在家休息。）

・**あの　店の　ケーキは　美味しいです。　ですから、　いっぱい　買いました。**
（那間店的蛋糕很好吃。所以我買了一堆。）

・**札幌の　ラーメンが　食べたいです。　ですから、　飛行機で　札幌へ　行きました。**
（我想吃札幌的拉麵。所以，搭飛機去了札幌。）

## 随堂測驗：

01. 今日は　息子の　誕生日（　）、　早く　家へ　帰ります。
　1. ますから　2. ですから　3. から　4. ながら

02. お金が　たくさん　ありますから、　（　）。
　1. 何も　買いません　2. 仕事は　しません
　3. 毎週　休みません　4. 一緒に　飲みません

解01.（2）　02.（2）

# 67. ～が

接続：句子＋が

翻訳：雖然…但是…。

説明：「～が」用於將 A、B 兩個句子，串聯成一個句子。使用「A が、B」的形式，表達雖然狀況為 A，但卻產生／做了 B 這樣，與 A 狀況相反或相對立的結果（逆接）。接續時，僅需直接將「～が」放置於 A 句的後方即可。A、B 兩句可為動詞句、形容詞句或名詞句。（※ 註：「～が」並不像「～ながら」這樣，有動作者必須同一個人的制約，也沒有必須是持續性動詞的規定。）

・日本語を　1年　勉強しましたが、　漢字が　ぜんぜん　わかりません。

（我讀了一年的日文，但是還是完全不懂漢字。）

・友達の　家へ　行きましたが、　誰も　いませんでした。

（我去了朋友家，但卻誰也不在。）

・頑張りましたが、　失敗しました。

（我努力了，但失敗了。）

・あの　店の　ケーキは　美味しいですが、　高いです。

（那間店的蛋糕雖然好吃，但很貴。）

・昨日は　寒かったですが、　今日は　暖かいです。

（雖然昨天很冷，但今天很暖和。）

・新しい　スマホが　欲しいですが、お金が　ありません。

（我想要新的智慧型手機，但我沒錢。）

・あの先生は　有名ですが、　授業は　面白くないです。

（那個老師雖然有名，但上課很無趣。）

・タクシーで　行きたいですが、　お金が　ありませんから、　歩いて　行きました。

（我想搭計程車去，但因為沒錢，所以走路去。）

・札幌の　ラーメンが　食べたいから、　飛行機で　札幌へ　行きましたが、好きな　ラーメン屋は　休みでした。

（因為我想要吃札幌的拉麵，所以我搭了飛機去札幌，但我喜歡的那間拉麵店卻沒有開。）

・辞書を　調べながら、　日本語の　小説を　読みましたが、よく　わかりませんでした。

（我一邊查字典，一邊讀日文小說，但還是看不太懂。）

## 辨析：

「～が」除了有表示上述「逆接」的用法以外，亦可用來表達說話時的開場白，以避免讓聽話者感到突兀。因此多使用「失礼ですが」、「すみませんが」等詞彙。

・**すみませんが、　その　赤（あか）いかばんを　ください。**
（不好意思，請給我那個紅色的包包。）
・**失礼（しつれい）ですが、　お名前（なまえ）は？**
（抱歉，請問您貴姓。）

## 隨堂測驗：

01. このアパートは　古い（　）、　綺麗です。
1. ですが　2. ですから　3. ますが　4. ますから

02. 一生懸命　勉強しましたが、　（　）。
1. 試験が　あります　　2. ご飯を　食べません
3. 学校へ　行きました　4. 合格しませんでした

解 01.（1）　02.（4）

## 68. そして、それから（連續動作）

接続：句子。そして／それから
翻訳：然後…。接著…。
説明：「そして（然後）」與「それから（接著）」，為接續詞。以「A 句。そして／それから、B 句。」的方式，來表達連續發生的兩件事情（動詞）。兩者意思接近，可以互相替換。

・晩ご飯を　食べました。　（○そして／○それから）、　勉強しました。
（吃了晚餐。然後讀了書。）
・A：今度の　日曜日、　何を　しますか。
（A：這個星期天，你要做什麼呢？）
B：部屋の　掃除を　します。　（○そして／○それから）、　買い物に　行きます。
（B：我要打掃房間。然後去買東西。）
・昨日、　漫画を　読みました。　（○そして／○それから）、
友達と　映画を　観ました。
（昨天看了漫畫。然後和朋友去看了電影。）
・昨日、　銀座へ　行きました。　（○そして／○それから）、
銀座の　デパートで　買い物をしました。
（昨天去了銀座。然後在銀座的百貨公司買了東西。）

### 辨析：

「それから」有表達「累加、追加」的功能。若在語境上，B 句是屬於突然想到的，或是追加補充的，則不可使用「そして」。

**・リンゴを　3つ　ください。**
**あっ、（×そして／○それから）、　バナナも　2本　ください。**
（請給我三個蘋果。啊，然後也給我兩根香蕉。）

**・授業を　終わります。**
**あっ、（×そして／○それから）、　明日の　授業は　午後1時　からです。**
（下課。啊，還有，明天的課是從下午一點開始。）

## 随堂測驗：

01. 6時に　起きました。　それから、　（　）。
    1. 夜　10時に　寝ました　　2. 朝ご飯を　作りました
    3. 机の　上に　牛乳が　あります　4. 寒いです

02. 会議を　終わります。　あっ、　（　）、　明日も　会議が　あります。
    1. それから　2. そして　3. ですから　4. ですが

解01.（2）　02.（1）

# 69. そして、それから（列舉並列）

接続：句子。そして／それから

翻訳：而且…。和…。

説明：「そして」亦可用來表達列舉並列某人或某物的特徵（形容詞）或是列舉並列物品（名詞）。①列舉並列某人或某物的「**特徵**」（形容詞）時，由於特徵屬於同時展現出來的性質，因此不可使用「それから」。② 若用於列舉並列「**事、物**」（名詞）時，由於是舉一、舉二再舉三地列出不同物品，因此可使用「そして」亦可使用「それから」。

①・ルイさんは　かっこいいです。　（○そして／×それから）、　頭が　いいです。

（路易很帥。而且他腦袋很好。）

・大阪は　便利です。　（○そして／×それから）、　食べ物が　美味しいです。

（大阪很方便。而且食物很好吃。）

・この　部屋は　明るいです。　（○そして／×それから）、　広いです。

（這個房間很明亮。而且很寬敞。）

・林さんは　ハンサムです。　（○そして／×それから）、　お金持ちです。

（林先生很英俊。而且他是有錢人。）

②・すみません、　バナナと　リンゴと、　（○そして／○それから）、
スイカを　ください。

（不好意思，請給我香蕉、蘋果、以及西瓜。）

・教室には　山田さん、鈴木さん、　（○そして／○それから）、
春日さんが　いました。

（教室裡面有山田先生、鈴木先生、然後還有春日先生。）

・私は　日本語、英語、フランス語、　（○そして／○それから）、
中国語も　できます。

（我會日文、英文、法文、然後還會中文。）

## 隨堂測驗：

01. 日本の　電車は　早くて　便利です。　（　）、　本数が　多いです。
    1. そして　2. それから　3. ですから　4. ですが

02. 昨日、　お寿司、　天ぷら、　それから、　（　）　食べました。
    1. 夜に　2. 鈴木さんが　3. 蕎麦を　4. レストランで

解01.（1）　02.（3）

# 70. しかし、でも（逆接）

接続：句子。しかし／でも

翻訳：但是…。不過…。

説明：「しかし（但是）」與「でも（不過）」為接續詞。以「A 句。しかし／でも、B 句。」的方式，來表達後句 B 句與前句 A 句所預測的結果相反（逆接）。兩者雖可替換，但替換過後語感上有些微差異。「しかし」的語境為「單純敘述與前句的敘述或對方判斷相對立」；「でも」的語境則為「說話者承認 A 句這個事實，但自己卻持不同的意見、判斷」。

・東京は　とても　便利です。（○しかし／○でも）、　家賃が　高いです。
（東京很方便。但是房租很貴。）

・お姉さんは　真面目です。（○しかし／○でも）、　妹は　勉強が　嫌いです。
（姊姊很認真。但妹妹討厭讀書。）

・この　店の　物は　安いです。（○しかし／○でも）、　品質が　悪いです。
（這間店的東西很便宜。不過品質很差。）

・あの　果物屋さんの　果物は　新鮮で　安いです。（○しかし／○でも）、　家から　遠いですから　私は　いつも　近くの　コンビニで　買います。
（那間蔬果店的水果很新鮮又便宜。但是它離我家很遠，所以我總是在附近的便利商店購買。）

## 辨析：

若使用於邀約的語境，只可使用「でも」來回答拒絕邀約，不可使用「しかし」。

**・A：明日、　一緒に　買い物に　行きませんか。**
（A：明天要不要一起去買東西呢？）

**・B：（× しかし／○でも）、　私は　お金が　ありません。**
（B：可是我沒錢。）

## 隨堂測驗：

01. 彼女は　綺麗です。　（　）、　性格が　悪いです。
    1. しかし　2. そして　3. それから　4. ですから

02. 新しいスマホを　買いたいです。　でも、　（　）。
    1. 秋葉原で　買います　2. お金が　ありません
    3. 妹は　スマホが　あります　4. それが　いいです

解01.（1）　02.（2）

# 71. それでは（話題展開）

接続：句子。それでは　or　放置於句首

翻訳：那麼…。

説明：「それでは（那麼）」，用來將前述的事情告一段落，進而展開另一項話題。多使用於要開始或結束一件事情時。亦可僅使用「では」。

・（○それでは／○では）、　授業（じゅぎょう）を　始（はじ）めます。

（那麼，我們開始上課吧。）

・もう　時間（じかん）ですね。（○それでは／○では）、　今日（きょう）の　授業（じゅぎょう）を　終（お）わります。また明日（あした）。

（時間到了。那麼，今天就下課吧。明天見。）

## 辨析：

「それでは」、「では」亦可使用於對話當中，用來承接對方所講的話題，進而提出提議或要求。

**・A：あっ、　もう　3時（じ）ですね。**

（A：啊，已經三點了。）

**B：（○それでは／○では）、　帰（かえ）りましょう。**

（B：那回家吧。）

**・A：仕事（しごと）が　終（お）わりました。**

（A：工作結束了。）

**B：（○それでは／○では）、　部屋（へや）の　掃除（そうじ）、　お願（ねが）いします。**

（B：那麻煩你打掃房間。）

## 隨堂測驗：

01. A：あっ、　もう　１２時ですね。
　B：（　）、　昼ご飯を　食べに　行きましょう。
　1. そして　2. それから　3. では　4. でも

02. （　）、　出発しましょう。
　1. そして　2. それから　3. しかし　4. それでは

解 01.（3）　02.（4）

## 文章與對話

（老師針對明天的考試說明）

明日は　期末テストです。　今回の　テストは　作文ですから、　辞書を　見ながら、答えます。　とても　大事な　テストですから、　今晩は　必ず　漢字の　復習を　しましょう。

それでは、　授業を　終わります。　皆さん、　さようなら。　また　明日。

（下課後小陳和同學路易談天）

陳　：今日、　代々木公園で　コンサートが　あります。　それから、　隣の　明治神宮では　お祭りが　あります。　一緒に　原宿へ　遊びに　行きませんか。

ルイ：一緒に　行きたいですが、　明日は　試験ですから、　今日は　家で　勉強します。

陳　：試験は　作文だけですよ。　簡単ですよ。

ルイ：でも、　私は　漢字が　苦手ですから、　勉強は　大変です。

陳　：そうですか、　わかりました。　一人で　行きます。　また　今度　一緒に　行きましょう。

## 翻譯

（老師針對明天的考試說明）

明天是期末考試。這次的考試是作文，所以是一邊看字典，一邊作答。因為是很重要的考試，所以今天晚上一定要複習漢字喔。

那麼，下課。各位再見，明天見。

（下課後小陳和同學路易談天）

陳　：今天代代木公園有演唱會。然後，旁邊的明治神宮有祭典。
　　　要不要一起去原宿玩呢？

路易：我想一起去，但明天考試，所以我今天要在家讀書。

陳　：考試只有作文，很簡單啊。

路易：可是，我漢字不太會，讀起來很辛苦。

陳　：是啊，好吧。我一個人去。下次再一起去吧。

# 10 單元小測驗

1. 新型コロナウイルスの　ワクチンを　接種しました（　）、　遊びに　行きます。
   1　から　　2　が　　3　でも　　4　それでは

2. 副反応が　怖いですから、　ワクチンを　接種（　）。
   1　しませんか　　2　しましょう
   3　したくありません　　4　したいです

3. 父は　毎朝、　コーヒーを　飲み（　）、　新聞を　読みます。
   1　ますが　　2　ますから　　3　ながら　　4　たくて

4. クラスメイトに　会いたいですが、　先生（　）　会いたくないです。
   1　では　　2　には　　3　へは　　4　は

5. お腹が　痛いですから、　何（　）　食べたくないです。
   1　は　　2　も　　3　が　　4　を

6. 遊びに　行きたいです（　）、　明日は　テストです（　）、　行きませんでした。
   1　から／が　　2　そして／でも　　3　しかし／が　　4　が／から

7. この　アパートは　広いです。　（　）、　駅に　近いです。
   1　そして　　2　それから　　3　しかし　　4　でも

8. A：一緒に　ヨーロッパへ　遊びに　行きませんか。
   B：行きたいです（　）、　お金が　ありません。
   1　でも　　2　が　　3　しかし　　4　から

9. A：一緒に　ヨーロッパへ　遊びに　行きませんか。
   B：（　）、　私は　お金が　ありません。
   1　でも　　2　が　　3　しかし　　4　それでは

10. （　）　会議を　始めます。
   1　では　　2　でも　　3　それから　　4　そして

11

# 第 11 單元：動詞原形與ない形

72. 動詞的各種型態
73. 動詞的種類
74. 動詞ます形改為動詞原形
75. ～前に
76. 動詞ます形改為動詞ない形
77. ～ないでください

本單元開始學習動詞的變化。到第 10 單元為止，我們僅學習到動詞的「ます」形，也就是敬體的肯定、否定、現在與過去。本單元先學習動詞的「原形」、「ない形」以及使用到動詞「原形」與「ない形」的相關句型，接下來的兩個單元將會延續本單元，繼續介紹動詞的其他型態以及相關句型。

# 第 11 單元：動詞原形與ない形

## 72. 動詞的各種型態

說明：我們在第 03 單元時，學習了イ、ナ形容詞與名詞，其敬體以及常體的肯定、否定、現在以及過去的講法。至於動詞，我們目前只學習到了敬體部分的肯定、否定、現在與過去。

之所以動詞的常體的各種型態留到本書後半段才學習，是因為動詞常體的現在肯定、現在否定、過去肯定、過去否定，皆有不同的動詞變化規則。

| 常體（普通形） | | 敬體（丁寧形／禮貌形） |
|---|---|---|
| 行**く**　（原形） | 現在・肯定 | 行き**ます** |
| 行**かない**　（ない形） | 現在・否定 | 行き**ません** |
| 行**った**　（た形） | 過去・肯定 | 行き**ました** |
| 行**かなかった**　（ない形改過去） | 過去・否定 | 行き**ませんでした** |

動詞常體並不像動詞敬體這麼簡單，僅須分別將「～ます」改為「～ません」、「～ました」、「～ませんでした」即可。

常體的**現在肯定**必須做動詞變化，將「～ます」形改為動詞「原形」；
常體的**現在否定**必須做動詞變化，將「～ます」形改為動詞「ない形」；
常體的**過去肯定**必須做動詞變化，將「～ます」形改為動詞「た形」；
常體的**過去否定**必須做動詞變化，將「～ます」形改為動詞「ない形」後，再改為過去。

本書將利用第 11 單元與 12 單元兩單元，學習上述型態的動詞變化。

## 隨堂測驗：

01. 請選出動詞「食べます」的常體現在肯定：

1.食べる　2.食べない　3.食べた　4.食べなかった

02. 請選出動詞「買います」的常體現在否定：

1.買う　2.買わない　3.買った　4.買わなかった

解01.（1） 02.（2）

# 73. 動詞的種類

說明：學習動詞變化之前，要先知道，動詞其實是有分種類的。必須先學會辨別動詞的種類，才有辦法依照其各別種類的變化規則（活用）來做動詞變化。

在日文字典當中，將動詞分成五種類，分別為：五段動詞、上一段動詞、下一段動詞、カ行變格動詞、サ行變格動詞。而現今**針對外國人的日語教育**上，又將其簡化為三種類：一類動詞、二類動詞、三類動詞。本書採取簡化後的後者方式。

| 字典、學校文法 | 針對外國人的日語教育 | 動詞例 |
|---|---|---|
| 五段動詞 | グループI／一類動詞 | 書きます、読みます、取ります、待ちます、話します |
| 上一段動詞 | グループII／二類動詞 | 見ます、起きます（※這些是例外） |
| 下一段動詞 | | 寝ます、食べます |
| カ行變格動詞 | グループIII／三類動詞 | 来ます |
| サ行變格動詞 | | します、運動します、食事します |

首先，看到動詞ます後，先判斷其動詞種類屬於哪一種。

I、一類動詞：動詞結尾為（～i ます）者

例：買います、行きます、聞きます、消します、待ちます、取ります、笑います、飲みます、読みます…等。

II、二類動詞：動詞結尾為（～e ます）者。

例：寝ます、食べます、あげます、つけます…等。

III、三類動詞：僅「来ます」、「します」、以及「動作性名詞＋します」者

例：来ます、します、勉強します…等。

上述判斷規則有少許例外，請死記。如下：

※ 規則判斷為一類動詞，但實際上卻是二類動詞者：

例：見ます、借ります、います、起きます、浴びます、着ます。

（※ 註：這些例外，也就是日文字典上，所謂的上一段動詞）

## 隨堂測驗：

01. 請選出動詞「あります」所屬的種類：

    1. 一類動詞　2. 二類動詞　3. 三類動詞

02. 請選出動詞「勉強します」所屬的種類：

    1. 一類動詞　2. 二類動詞　3. 三類動詞

解01.（1）　02.（3）

# 74. 動詞ます形改為動詞原形

說明：學會辨別動詞的種類後，接下來，要學習如何將不同種類的動詞，分別改為動詞原形。「動詞原形」即是常體日文中的「現在肯定」。

I、若動詞為**一類**動詞，由於動詞ます形去掉ます後，語幹一定是以（～i）段音結尾，因此僅需將（～i）段音改為（～u）段音即可。

行き（　ｉｋｉ）~~ます~~　→行く（　ｉｋｕ）
飲み（ｎｏｍｉ）~~ます~~　→飲む（ｎｏｍｕ）
帰り（ｋａｅｒｉ）~~ます~~　→帰る（ｋａｅｒｕ）
買い（　ｋａｉ）~~ます~~　→買う（　ｋａｕ）
会い（　ａｉ）~~ます~~　→会う（　ａｕ）

II、若動詞為**二類**動詞，則僅需將動詞ます形的語尾～ます去掉，再替換為～る即可。

寝ます（　ｎｅます）　→寝~~ます~~＋る
食べます（ｔａｂｅます）　→食べ~~ます~~＋る
起きます（ｏｋｉます）　→起き~~ます~~＋る

III、若動詞為**三類**動詞，由於僅兩字，因此只需死背替換。

来ます　→　来る
します　→　する
運動します　→　運動する

一類動詞（五段動詞）：

將ます去掉後，再將「～i」段音轉為「～u」段音即可。

- 買(か)います　→　買(か)う
- 書(か)きます　→　書(か)く
- 急(いそ)ぎます　→　急(いそ)ぐ
- 貸(か)します　→　貸(か)す
- 待(ま)ちます　→　待(ま)つ
- 死(し)にます　→　死(し)ぬ
- 呼(よ)びます　→　呼(よ)ぶ
- 読(よ)みます　→　読(よ)む
- 取(と)ります　→　取(と)る

二類動詞（上、下一段動詞）：

將「ます」改為「る」即可。

- 出(で)ます　→　出(で)る
- 寝(ね)ます　→　寝(ね)る
- 食(た)べます　→　食(た)べる
- 捨(す)てます　→　捨(す)てる
- 教(おし)えます　→　教(おし)える

- 見(み)ます　→　見(み)る
- 着(き)ます　→　着(き)る
- 起(お)きます　→　起(お)きる
- できます　→　できる

三類動詞（カ行變格動詞）：

- 来(き)ます　→　来(く)る

三類動詞（サ行變格動詞）：

- します　→　する
- 掃除(そうじ)します　→　掃除(そうじ)する

## 隨堂測驗：

01. 動詞「います」的原形為：
　　1. う　2. うる　3. いる　4. いする

02. 動詞「あげます」的原形為：
　　1. あぐ　2. あげる　3. あげする　4. あぐる

解 01.（3）02.（2）

# 75. ～前(まえ)に

接続：動詞原形＋前に

翻訳：…之前。

説明：第 74 項文法項目當中所學習到的「動詞原形」，除了用於表達常體的「現在肯定」之外，日文中有許多句型，其前方必須接續「動詞原形」的。本項文法「～前に」（做…之前，先做），前方就必須使用動詞原形。

・会社(かいしゃ)へ　行(い)き~~ます~~。
　　　　行(い)く　前(まえ)に、　コーヒーを　飲(の)みます。

（去公司之前，喝咖啡。）

・家(いえ)を　買(か)い~~ます~~。
　　　　買(か)う　前(まえ)に、　親(おや)に　お金(かね)を　借(か)りました。

（買房子之前，向父母借了錢。）

・寝(ね)~~ます~~。
寝(ね)る　前(まえ)に、　薬(くすり)を　飲(の)みます。

（睡覺前吃藥。）

・食(た)べ~~ます~~。
食(た)べる　前(まえ)に、　手(て)を　洗(あら)いましょう。

（吃東西前，先洗手喔。）

・出掛(でか)け~~ます~~。
出掛(でか)ける　前(まえ)に、　シャワーを　浴(あ)びたいです。

（出門前，我想先淋浴。）

・うちへ　~~来ます~~。
　　　　来(く)る　前(まえ)に、　電話(でんわ)を　ください。

（來我家之前，請先給我<打個>電話。）

・結婚(けっこん)~~します~~。
結婚(けっこん)する　前(まえ)に、　女友達(おんなともだち)だけで　旅行(りょこう)を　しませんか。

（結婚前，要不要和大家一起來個只有女性友人們的旅行呢？）

## 辨析：

「～前に」前方除了動詞以外，亦可接續名詞。使用「～の前に」的形式。

・**食事する　前に、　手を　洗います。**
（吃飯前，洗手。）
・**食事の　前に、　手を　洗います。**
（餐前洗手。）
・**お正月の　前に、　部屋の　掃除を　します。**
（新年前，先把房間掃乾淨。）

「～前に」前方若為表期間的詞彙 （⇒ #33），則不需要加上「～の」

・**妹は　1時間前に　寝ました。**
（妹妹一小時前睡了。）
・**あの　人は　3週間前に　死にました。**
（那個人三週前死了。）
・**私は　5年前に　結婚しました。**
（我五年前結了婚。）

「～前に」前句的動作主體，若與後句不同人時，則必須使用助詞「～が」。

○ **彼が　来る　前に、　（私は）　食事の　用意を　します。**
（他來之前，我要準備飯菜。）
× **彼は　来る　前に、　（私は）　食事の　用意を　します。**

## 隨堂測驗：

01.（　）前に、　勉強します。
　1. 試験する　2. 試験します　3. 試験の　4. 試験です

02. テレビを　（　）前に、　宿題を　します。
　1. 見ます　2. 見る　3. 見りる　4. 見える

解 01.（3）　02.（2）

# 76. 動詞ます形改為動詞ない形

說明：接下來，本項文法學習如何將動詞「～ます形」改為動詞ない形。「動詞ない形」即是常體日文中的「現在否定」。

Ⅰ、若動詞為**一類**動詞，由於動詞ます形一定是以（～i）ます結尾，因此僅需將（～i）ます改為（～a）之後，再加上ない即可。但若ます的前方為「い」，則並不是改成「あ」，而是要改成「わ」。此外，動詞「ありま す」的ない形必須改為「ない」。

行(い)き（ iki）~~ます~~ →行(い)か（ ika）＋ない＝行(い)かない<br>
飲(の)み（nomi）~~ます~~ →飲(の)ま（noma）＋ない＝飲(の)まない<br>
帰(かえ)り（kaeri）~~ます~~ →帰(かえ)ら（kaera）＋ない＝帰(かえ)らない<br>
買(か)い（ kai）~~ます~~ →買(か)**わ**（ kawa）＋ない＝買(か)**わ**ない<br>
会(あ)い（ ai）~~ます~~ →会(あ)**わ**（ awa）＋ない＝会(あ)**わ**ない<br>
あり（ ari）~~ます~~ → ＝ない

Ⅱ、若動詞為**二類**動詞，則僅需將動詞ます形的語尾～ます去掉，再替換為～ない即可。

寝(ね)ます（neます）→寝(ね)~~ます~~＋ない<br>
食(た)べます（tabeます）→食(た)べ~~ます~~＋ない<br>
起(お)きます（okiます）→起(お)き~~ます~~＋ない

Ⅲ、若動詞為**三類**動詞，由於僅兩字，因此只需死背替換。

来(く)る → 来(こ)ない<br>
する → しない<br>
運動(うんどう)する → 運動(うんどう)しない

一類動詞（五段動詞）：

將ます前的「～i」轉為「～a」後，再加上「ない」即可。（※註：「～います」者必需轉為「わない」）

- 買(か)います → 買(か)わない
- 書(か)きます → 書(か)かない
- 急(いそ)ぎます → 急(いそ)がない
- 貸(か)します → 貸(か)さない
- 待(ま)ちます → 待(ま)たない
- 死(し)にます → 死(し)なない
- 呼(よ)びます → 呼(よ)ばない
- 読(よ)みます → 読(よ)まない
- 取(と)ります → 取(と)らない

二類動詞（上、下一段動詞）：

將「ます」改為「ない」即可。

- 出(で)ます → 出(で)ない
- 寝(ね)ます → 寝(ね)ない
- 食(た)べます → 食(た)べない
- 捨(す)てます → 捨(す)てない
- 教(おし)えます → 教(おし)えない

- 見(み)ます → 見(み)ない
- 着(き)ます → 着(き)ない
- 起(お)きます → 起(お)きない
- できます → できない

三類動詞（カ行變格動詞）：

- 来(き)ます → 来(こ)ない

三類動詞（サ行變格動詞）：

- します → しない
- 掃除(そうじ)します → 掃除(そうじ)しない

## 隨堂測驗：

01. 動詞「あります」的ない形為：
    1. あらない　2. ありない　3. あるない　4. ない

02. 動詞「来ます（きます）」的ない形為：
    1. きない　2. かない　3. こない　4. くない

解 01.（4）　02.（3）

# 77. ～ないでください

接続：動詞ない形＋ないでください
常体：～ないで
翻訳：請不要做…。
説明：第 76 項文法項目當中所學習到的「動詞ない形」，除了用在表達常體的「現在否定」之外，日文中有許多表現文型，其前方必須接續「動詞ない形」的。本項文法「～ないでください」（請不要），前方就必須使用動詞ない形。

・廊下を　走り~~ます~~。
　　　　　走らないで　ください。
（不要在室內走廊上奔跑。）

・田中さんに　会い~~ます~~。
　　　　　　　会わないで　ください。
（請不要去見田中先生。）

・この　ことは（を）　アリーに　教え~~ます~~。
　　　　　　　　　　　　　　　　教えないで　ください。
（請不要把這件事告訴艾利。）

・（もう）　ここに　~~来ます~~。
　　　　　　　　　来ないで　ください。
（請你別再來這裡了。）

・あの　人と　結婚~~します~~。
　　　　　　　結婚しないで　ください。
（請不要和那個人結婚。）

・高いですから、　この　店で　買わないで　ください。
（因為很貴，所以請不要在這間店買。）
・歩きながら、　食べないで　ください。
（請不要邊走邊吃。）

・寝る　前に、　コーヒーを　飲まないで　ください。
（睡前請別喝咖啡。）

・旅行に　行かないで　ください。　それから、　友達と　食事を　しないで
ください。
（請不要去旅行。還有，也請不要和朋友吃飯。）

## 隨堂測驗：

01. うるさいですから、　（　）ないで　ください。
1. 話し　2. 話す　3. 話さ　4. 話

02. 手を　（　）前に、　ものを　（　）ないで　ください。
1. 洗う／食べ　2. 洗う／食べる　3. 洗わない／食べ　4. 洗わない／食べる

解01.（3）　02.（1）

## 文章與對話

（老師對班上的同學說明關於明天的校外參觀）

明日(あした)、　パン工場(こうじょう)を　見学(けんがく)します。　工場(こうじょう)では、　見学(けんがく)しながら　クラスメートと　話(はな)さないで　ください。　食品(しょくひん)の　工場(こうじょう)ですから、　入(はい)る　前(まえ)に　石鹸(せっけん)で　手(て)を　洗(あら)います。それから、　写真(しゃしん)を　撮(と)らないで　ください。　工場(こうじょう)を　出(で)る　前(まえ)に、　出口(でぐち)で　牛乳(ぎゅうにゅう)と　作(つく)りたての　パンを　もらいますから、　明日(あした)は　朝(あさ)ご飯(はん)を　お腹(なか)いっぱい　食(た)べないで　ください。

（同學討論關於明天的參觀）

陳(チン)　：明日(あした)、　どんな　パンが　食(た)べたいですか。

ルイ：そうですね。　私(わたし)は　フランスの　パンが　好(す)きですから、
　　　クロワッサンが　食(た)べたいです。

陳(チン)　：私(わたし)は　バゲットですね。　オリーブオイルと　一緒(いっしょ)に　食(た)べると　美味(おい)しいですよ。

（「動詞＋と」⇒做…就會…。）

ルイ：陳(チン)さんは　グルメですね。

## 翻譯

（老師對班上的同學說明關於明天的校外參觀）

明天要參觀麵包工廠。在工廠，請不要一邊參觀一邊和同學聊天。因為是食品工廠，所以進去前，要先用香皂洗手。然後，請不要拍照。離開工廠前，在出口處可以拿牛奶跟現做的麵包，所以明天早餐不要吃太飽。

（同學討論關於明天的參觀）

陳　：你明天想要吃怎樣的麵包呢？

路易：嗯，我喜歡法國麵包，所以我想吃可頌。

陳　：我要吃法式長條麵包。跟橄欖油一起吃（沾橄欖油吃）很好吃喔。

路易：小陳，你真是美食家耶。

# 11 單元小測驗

1．シャワーを　（　）前に、　顔を　洗います。
　1　浴びます　2　浴ぶ　3　浴びる　4　浴ぶる

2．父さん、　（　）前に、　財産を　全部　ください。
　1　死ぬる　2　死にる　3　死ぬ　4　死なない

3．次の　仕事を　（　）前に、　１０分ぐらい　（　）たいです。
　1　始める／休む　2　始め／休み　3　始め／休む　4　始める／休み

4．父（　）　仕事から　帰る　前に、　部屋を　片付けます。
　1　が　2　に　3　は　4　を

5．勝手に　私の　物を　（　）ないで　ください。
　1　使う　2　使い　3　使あ　4　使わ

6．歩きながら　スマホを　（　）　ください。
　1　見に　2　見　3　見ないで　4　見る

7．料理は　私が　（　）ますから、　台所には　（　）ないで　ください。
　1　作る／入る　2　作り／入ら　3　作る／入り　4　作り／入り

8．＿＿＿　＿★＿　＿＿＿　＿＿＿　ください。
　1　歩きながら　2　危ない　3　小説を読まないで　4　ですから

9．寝る　＿＿＿　＿＿＿　＿★＿　＿＿＿　本を　読みます。
　1　ながら　2　音楽を聴き　3　静かな　4　前に

10. 暇ですから、　この　＿＿＿　＿★＿　＿＿＿　＿＿＿　やります。
　1　私　2　仕事　3　が　4　は

12

# 第 12 單元：動詞た形

78. 動詞ます形改為動詞た形
79. ～後で
80. ～たり
81. ～時
82. 敬體常體總整理
83. 直接引用與間接引用

本單元延續上一單元，學習動詞的「た形」以及使用到動詞「た形」的相關句型。第 82 項文法則是統整日文各種品詞的常體與敬體的型態，並實際舉出從第 5 單元至本單元為止，所學習過的句型之常體的講法。最後則是學習直接引用以及間接引用的表達方式。

# 第 12 單元： 動詞た形

## 78. 動詞ます形改為動詞た形

說明：本項文法學習如何將動詞「～ます形」改為動詞た形。「動詞た形」即是常體日文中的「過去肯定」。

Ⅰ、若動詞為**一類**動詞，則動詞去掉ます後，語幹最後一個音依照下列規則「音便」。音便後，再加上「た」即可。

① 促音便：「～ます」的前方若為「～い、～ち、～り」，則必須將「～い、～ち、～り」改為促音「っ」再加上「た」。

笑い~~ます~~　→笑っ＋た　＝笑った

待ち~~ます~~　→待っ＋た　＝待った

降り~~ます~~　→降っ＋た　＝降った

② 撥音便：「～ます」的前方若為「～に、～び、～み」，則必須將「～に、～び、～み」改為撥音「～ん」，再加上「だ」（一定要為濁音だ）。

死に~~ます~~　→死ん＋だ　＝死んだ

遊び~~ます~~　→遊ん＋だ　＝遊んだ

飲み~~ます~~　→飲ん＋だ　＝飲んだ

③ イ音便：「～ます」的前方若為「～き／～ぎ」，則必須將「～き／～ぎ」改為「い」再加上「た／だ」（「～き」→「～いた」／「～ぎ」→「いだ」）。但有極少數例外，如：「行き→行った」。

書き~~ます~~　→書い＋た　＝書いた

急ぎ~~ます~~　→急い＋だ　＝急いだ

（例外）

行き~~ます~~　→行っ＋た　＝行った

④「～ます」的前方若為「～し」，則不會產生音便現象，直接於「～し」後方加上「～た」即可。

消し~~ます~~　→消し＋た　＝消した

II、若動詞為**二類**動詞，則僅需將動詞ます形的語尾～ます去掉，再替換為～た即可。

寝（ね）ます（　　ｎｅます）　→寝（ね）~~ます~~＋た

食（た）べます（ｔａｂｅます）　→食（た）べ~~ます~~＋た

起（お）きます（　ｏｋｉます）　→起（お）き~~ます~~＋た

III、若動詞為**三類**動詞，由於僅兩字，因此只需死背替換。

来（き）ます　→　来（き）た

します　→　した

運動（うんどう）します　→　運動（うんどう）した

| 一類動詞（五段動詞）：<br>刪除ます後，語幹最後一個音依照下列規則「音便」。音便後，再加上「た」即可。<br><br>①「～います、～ちます、～ります」→促音便<br>・笑（わら）い~~ます~~　→　笑（わら）った<br>・待（ま）ち~~ます~~　→　待（ま）った<br>・降（ふ）り~~ます~~　→　降（ふ）った<br>②「～にます、～びます、～みます」→撥音便<br>・死（し）に~~ます~~　→　死（し）んだ<br>・遊（あそ）び~~ます~~　→　遊（あそ）んだ<br>・飲（の）み~~ます~~　→　飲（の）んだ<br>③「～きます／～ぎます」→イ音便<br>・書（か）き~~ます~~　→　書（か）いた<br>・急（いそ）ぎ~~ます~~　→　急（いそ）いだ<br>・行（い）き~~ます~~　→　行（い）った（例外）<br>④無音便<br>・消（け）し~~ます~~　→　消（け）した | 二類動詞（上、下一段動詞）：<br>將語尾「ます」改為「た」即可。<br><br>・出（で）ます　→　出（で）た<br>・寝（ね）ます　→　寝（ね）た<br>・食（た）べます　→　食（た）べた<br>・捨（す）てます　→　捨（す）てた<br>・教（おし）えます　→　教（おし）えた<br><br>・見（み）ます　→　見（み）た<br>・着（き）ます　→　着（き）た<br>・起（お）きます　→　起（お）きた<br>・できます　→　できた |
|---|---|
| 三類動詞（カ行變格動詞）：<br><br>・来（き）ます　→　来（き）た | 三類動詞（サ行變格動詞）：<br><br>・　します　→　した<br>・掃除（そうじ）します　→　掃除（そうじ）した |

## 辨析：

若欲表達動詞常體的「過去否定」，則僅須將動詞改為「ない形」後，再加上「～なかった」即可。

| 一類動詞（五段動詞）： | 二類動詞（上、下一段動詞）： |
| --- | --- |
| 將ます前的「～i」轉為「～a」後，再加上「なかった」即可。（※註：「～います」者必需轉為「わなかった」） | 將「ます」改為「なかった」即可。 |
| ・買います → 買わなかった<br>・書きます → 書かなかった<br>・急ぎます → 急がなかった<br>・貸します → 貸さなかった<br>・待ちます → 待たなかった<br>・死にます → 死ななかった<br>・呼びます → 呼ばなかった<br>・読みます → 読まなかった<br>・取ります → 取らなかった | ・出ます → 出なかった<br>・寝ます → 寝なかった<br>・食べます → 食べなかった<br>・捨てます → 捨てなかった<br>・教えます → 教えなかった<br><br>・見ます → 見なかった<br>・着ます → 着なかった<br>・起きます → 起きなかった<br>・できます → できなかった |
| 三類動詞（カ行變格動詞）： | 三類動詞（サ行變格動詞）： |
| ・来ます → 来なかった | ・します → しなかった<br>・掃除します → 掃除しなかった |

## 隨堂測驗：

01. 動詞「泳ぎます」的た形為：
　　1. 泳いた　2. 泳いだ　3. 泳った　4. 泳んだ

02. 動詞「着きます」的た形為：
　　1. 着きた　2. 着った　3. 着いた　4. 着いだ

解01.（2） 02.（3）

# 79. ～後(あと)で

接続：動詞た形＋後で

翻訳：做…之後，再做…。

説明：第 78 項文法項目當中所學習到的「動詞た形」，除了用在表達常體的「過去肯定」之外，日文中有許多表現文型，其前方必須接續「動詞た形」的。本項文法「～後で」（做…之後，再做…），前方就必須使用動詞た形。

・お風呂(ふろ)に　入(はい)り~~ます~~。

入(はい)った　後(あと)で、　ご飯(はん)を　食(た)べます。

（洗澡後，吃飯。）

・ご飯(はん)を　食(た)べ~~ます~~。

食(た)べた　後(あと)で、　歯(は)を　磨(みが)きます。

（吃飯後，刷牙。）

・歯(は)を　磨(みが)き~~ます~~。

磨(みが)いた　後(あと)で、　寝(ね)ます。

（刷牙後，睡覺。）

・父(ちち)が　出掛(でか)け~~ます~~。

出掛(でか)けた　後(あと)で、（私(わたし)は）　テレビを　見(み)ます。

（爸爸出門後，我看電視。）

・母(はは)が　来(き)~~ます~~。

来(き)た　後(あと)で、　一緒(いっしょ)に　買(か)い物(もの)に　行(い)きました。

（媽媽來了之後，就一起去買了東西。）

・ご飯(はん)を　食(た)べた　後(あと)で、　激(はげ)しい　運動(うんどう)は　しないで　ください。

（吃飯後，請不要做激烈的運動。）

・運動(うんどう)した　後(あと)で、　シャワーを　浴(あ)びたいです。

（做完運動後，我想要淋浴。）

・風邪を　引きますから、　お風呂に　入った　後で、　エアコンを　つけないで　ください。
（因為會感冒，所以洗澡後請不要開空調。）

・ご飯を　食べた　後で、　散歩に　行きますから、　ドアを　閉めないで　ください。
（吃完飯後要去散步，所以請不要關門。）
・仕事が　終わった　後で、　同僚と　お酒を　飲みながら　話したいです。
（工作結束後，想要和同事一邊喝酒一邊聊天。）

## 辨析：

「～後で」前方除了動詞以外，亦可接續名詞。使用「～の後（で）」的形式。

**・食事した　後で、　コーヒーを　飲みませんか。**
（用餐後要不要來杯咖啡？）
**・食事の　後で、　コーヒーを　飲みませんか。**
（餐後要不要來杯咖啡？）
**・オリンピックの　後（で）　、　パラリンピックが　始まります。**
（奧運過後，帕運就開始了。）

「～後で」前句的動作主體，若與後句不同人時，則必須使用助詞「～が」。

○ **彼が　来た　後で、　（私は）　シャンパンを　開けます。**
（他來之後，我開香檳。）
× **彼は　来た　後で、　（私は）　シャンパンを　開けます。**

## 隨堂測驗：

01.　子供が　（　）後で、　夫と　映画を　見ました。
　1.寝った　2.寝た　3.寝る　4.寝ない

02.　コロナが　（　）後、　海外旅行に　行きたいです。
　1.収束する　2.収束の　3.収束ました　4.収束した

解 01.（2）　02.（4）

# 80. ～たり

接続：動詞た形＋り

翻訳：做做 A，做做 B。

説明：「～たり」的前方亦是接續動詞た形，以「A たり　～ B たり　します」的型態來描述「列舉兩個以上的動作」。這些動作並非先後發生，僅是說話者舉出有做過這些動作。而口氣中也含有暗示不僅做了 A、B 這兩件事，還有做其他的事，只不過沒講出來而已。另外，亦可僅單用「A たり　します」來列舉做過的眾多事情中的其中一件。句子的現在或過去、以及其他表現文型「～たい、～ないでください」…等，接續於句型最後的動詞「します」（※註：「～します」、「～しました」、「～したい」、「～しないでください」）

・日曜日（にちようび）は　いつも、　部屋（へや）の　掃除（そうじ）を　したり　買（か）い物（もの）を　したり　します。
（我星期天總是掃掃房間，買買東西。）

・毎晩（まいばん）、　音楽（おんがく）を　聞（き）いたり　テレビを　見（み）たり　します。
（每天晚上聽聽音樂，看看電視。）

・昨日（きのう）、　友達（ともだち）に　手紙（てがみ）を　書（か）いたり　漫画（まんが）を　読（よ）んだり　しました。
（昨天寫了信給朋友，也讀了漫畫。）

・廊下（ろうか）を　走（はし）ったり　大声（おおごえ）で　話（はな）したり　しないで　ください。
（請不要在室內走廊上奔跑，也不要大聲講話。）

・A：コロナが　収束（しゅうそく）した　後（あと）、　何（なに）を　したいですか。
（A：武漢肺炎疫情過後，你想要做什麼呢？）
B：ヨーロッパへ　旅行（りょこう）に　行（い）ったり、　友達（ともだち）と　居酒屋（いざかや）で　飲（の）んだり　したいです。
（B：我想去歐洲旅旅行，和朋友去居酒屋喝喝酒。）

・寝（ね）る前（まえ）に、　スマホを　見（み）たり　パソコンを　使（つか）ったり　しないで　ください。
（睡前請不要看智慧型手機或使用電腦之類的。）

## 辨析：

第 08 單元的 53 項文法 所學習到的「～や　（～など）」用於列舉物品（名詞），而本項文法則是用於列舉動作（動詞）。兩者不可替換

## 隨堂測驗：

01. 休みの　日は、　本を　（　）り、　テレビを　（　）り　します。
    1. 読んだ／見た　　2. 読んた／見だ
    3. 読みました／見ました　4. 読みた／見った

02. タバコを　（　）　しないで　ください。
    1. 吸わない　2. 吸わ　3. 吸ったり　4. 吸いたり

解 01.（1）02.（3）

# 81. ～時

接続：動詞原形／ない形／た形／名詞の／イ形容詞い／ナ形容詞な＋時

翻訳：…的時候。

説明：「A 時、B（做…的時候）」，用於表達 A、B 前後兩件事情幾乎是同步實行。原則上，前方可接續名詞（名詞＋の時）、形容詞（イ形容詞い＋時；ナ形容詞な＋時）以及**動詞原形（肯定）和動詞ない形（否定）**。

・子供が 病気の 時、 会社を 休みます。

（小孩生病的時候，我會向公司請假。）

・寒い 時、 暖かい お茶を 飲みます。

（冷的時候，我會喝溫茶。）

・若い 時、 たくさんの 女性と デートしました。

（年輕時，跟許多女性約過會。）

・暇な 時、 漫画を 読みます。

（空閒時間，我會看漫畫。）

・お金が ない 時、 親に 借ります。

（沒錢時，就向父母借。）

・言葉の 意味が わからない 時、 辞書で 調べます。

（不懂單字意思時，就查字典。）

・出掛ける 時、 財布を 忘れないで ください。

（出門時，請別忘了帶錢包。）

・本を 借りる 時、 学生証を 受付の 人に 見せました。

（借書的時候把學生證拿給櫃檯的人看了。）

・図書館で ビデオを 見る 時、 受付で 手続きを します。

（在圖書館看錄影帶時，要在櫃臺辦手續。）

・本を 読む 時、 眼鏡を 掛けます。

（我讀書時要戴眼鏡。）

・散歩する 時、 犬も 連れて 行きます。

（散步的時候會帶狗去。）

## 辨析：

若「～時」前接的動詞為「行きます、来ます、帰ります」等移動動詞時，則「～時」的前方有可能是**動詞原形**、亦有可能是**動詞た形**。

若為**動詞原形**「A 動詞原形＋時、B」，則代表 B 先發生，A 後發生。

・**家(いえ)へ　帰(かえ)る　時(とき)、　コンビニで　お弁当(べんとう)を　買(か)います。**

A 後發生　　B 先發生

（回家時，在超商買便當。< 先買便當、後回家 >）

・**会社(かいしゃ)へ　行(い)く　時(とき)、　新聞(しんぶん)を　買(か)います。**

A 後發生　　B 先發生

（去公司的時候，買報紙。< 先買報紙、後去公司 >）

・**ここに　来(く)る　時(とき)、　駅(えき)で　校長先生(こうちょうせんせい)に　会(あ)いました。**

A 後發生　　B 先發生

（來這裡的時候，在車站遇到了校長。< 先遇校長、後到達這裡 >）

若為**動詞た形**「A 動詞た形＋時、B」，則代表 A 先發生，B 後發生。

・**家(いえ)へ　帰(かえ)った　時(とき)、　手(て)を　洗(あら)います。**

A 先發生　　B 後發生

（回家時，洗手。< 先回家、後洗手 >）

・**会社(かいしゃ)へ　行(い)った　時(とき)、　メールを　チェックします。**

A 先發生　　B 後發生

（去公司的時候，檢查了電子郵件。< 先去公司、後檢查郵件 >）

・**ここに　来(き)た　時(とき)、　1 階(かい)の　受付(うけつけ)で　山田(やまだ)さんに　会(あ)いました。**

A 先發生　　B 後發生

（來這裡的時候，在一樓的櫃檯遇到了山田先生。< 先到達這裡、後見到山田 >）

此外，就有如上述六個例句，B 句若使用「～ます」，則代表整件事為尚未發生的事情或者是經常性的習慣行為。B 句若使用「～ました」，則代表整件事為已經發生的事情。

## 随堂測驗：

01. 信号を　（　）時、　車に　気を　つけましょう。
　　1.渡る　2.渡らない　3.渡った　4.渡りた

02. どこへも　（　）時、　お化粧は　しません。
　　1.行く　2.行かない　3.行った　4.行かなかった

解01.（1）　02.（2）

# 82. 敬體常體總整理

說明：我們在第 03 單元時，已經學習了形容詞與名詞的常體與敬體。而上一單元與本單元則是學習了動詞的常體。本項文法整理了動詞、イ形容詞、ナ形容詞以及名詞的敬體與常體對照表，並學習如何將目前所學的句型，轉化為常體的講法。

【動詞】

| | 常體（又稱「普通形」） | 敬體（又稱「丁寧形」） |
|---|---|---|
| 現在肯定 | 行く　（動詞原形） | 行きます |
| 現在否定 | 行かない　（動詞ない形） | 行きません |
| 過去肯定 | 行った　（動詞た形） | 行きました |
| 過去否定 | 行かなかった（動詞ない形改過去） | 行きませんでした |

【イ形容詞】

| | 常體（又稱「普通形」） | 敬體（又稱「丁寧形」） |
|---|---|---|
| 現在肯定 | 美味しい | 美味しいです |
| 現在否定 | 美味しくない | 美味しくないです　or<br>美味しくありません |
| 過去肯定 | 美味しかった | 美味しかったです |
| 過去否定 | 美味しくなかった | 美味しくなかったです　or<br>美味しくありませんでした |

【ナ形容詞】

| | 常體（又稱「普通形」） | 敬體（又稱「丁寧形」） |
|---|---|---|
| 現在肯定 | 静か**だ** | 静かです |
| 現在否定 | 静かではない　or<br>静かじゃない | 静かではありません　or<br>静かじゃありません |
| 過去肯定 | 静かだった | 静かでした |
| 過去否定 | 静かではなかった　or<br>静かじゃなかった | 静かではありませんでした　or<br>静かじゃありませんでした |

【名詞】

| | 常體（又稱「普通形」） | 敬體（又稱「丁寧形」） |
|---|---|---|
| 現在肯定 | 休み**だ** | 休みです |
| 現在否定 | 休みではない　or<br>休みじゃない | 休みではありません　or<br>休みじゃありません |
| 過去肯定 | 休みだった | 休みでした |
| 過去否定 | 休みではなかった　or<br>休みじゃなかった | 休みではありませんでした　or<br>休みじゃありませんでした |

（＊註：以下例句取自第 05 單元）

・学校は、　朝　8 時から　午後　3 時までです。

⇒学校は、　朝　8 時から　午後　3 時まで（だ）。

（學校從早上 8 點到下午 3 點。）

・私は、　夜　11 時から　朝　6 時まで　寝ます。

⇒私は、　夜　11 時から　朝　6 時まで　寝る。

（我從晚上 11 點睡到早上 6 點。）

・毎朝、　6 時半に　起きます。

⇒毎朝、　6 時半に　起きる。

（每天早上 6 點半起床。）

（＊註：以下例句取自第 06 單元）

・私は、　明日　東京へ　行きます。

⇒私は、　明日　東京へ　行く。

（我明天要去東京。）

・あなたは、　昨日　どこへ　行きましたか。

⇒あなたは、　昨日　どこへ　行った？

（你昨天去了哪裡？）

・田村さんは、　昨日　来ませんでした。

⇒田村さんは、　昨日　来なかった。

（田村先生昨天沒來。）

・毎日　５時に　家へ　帰ります。

⇒毎日　５時に　家へ　帰る。

（每天５點回家。）

（＊註：以下例句取自第 07 單元）

・いつも　11 時に　昼ご飯を　食べます。

⇒いつも　11 時に　昼ご飯を　食べる。

（我總是 11 點吃中餐。）

・さっき　コーヒーを　飲みました。

⇒さっき　コーヒーを　飲んだ。

（剛剛喝了咖啡。）

・私は　お巡りさんに　道を　聞きました。

⇒私は　お巡りさんに　道を　聞いた。

（我向巡邏員警問路。）

・Ａ：明日、　うちへ　来ませんか。

⇒Ａ：明日、　うちへ　来ない？

（明天要不要來我家？）

・Ｂ：はい、　行きます。／いいえ、　行きません。

⇒Ｂ：うん、　行く。／ううん、　行かない。

（好，要去。／不，不去。）

（＊註：以下例句取自第 08 單元）

・教室(きょうしつ)には　机(つくえ)が　あります。

⇒教室(きょうしつ)には　机(つくえ)が　ある。

（教室裡有桌子。）

・教室(きょうしつ)に　学生(がくせい)が　います。

⇒教室(きょうしつ)に　学生(がくせい)が　いる。

（教室裡有學生。）

・A：山田(やまだ)さんは、　今(いま)　どこに　いますか。

⇒ A：山田(やまだ)さんは、　今(いま)　どこに　いる？

（山田先生現在在哪裡呢？）

・B：山田(やまだ)さんは、　今(いま)　アメリカに　います。

⇒ B：山田(やまだ)さんは、　今(いま)　アメリカに　いる。

（山田先生現在在美國。）

（＊註：以下例句取自第 09 單元）

・私(わたし)は　日本語(にほんご)が　わかります。

⇒私(わたし)は　日本語(にほんご)が　わかる。

（我懂日文。）

・私(わたし)は　春日(かすが)さんに　本(ほん)を　あげました。

⇒私(わたし)は　春日(かすが)さんに　本(ほん)を　あげた。

（我給春日先生書。）

・私(わたし)は　鈴木(すずき)さん（○に／○から）　お土産(みやげ)を　もらいました。

⇒私(わたし)は　鈴木(すずき)さん（○に／○から）　お土産(みやげ)を　もらった。

（我從鈴木先生那裡得到旅行的伴手禮。）

・A：昨日(きのう)、　晩(ばん)ご飯(はん)を　食(た)べましたか。

⇒ A：昨日(きのう)、　晩(ばん)ご飯(はん)を　食(た)べた？

（昨天你吃晚餐了嗎？）

・B：はい、　食(た)べました。／いいえ、　食(た)べませんでした。

⇒ B：うん、　食(た)べた。／ううん、　食(た)べなかった。

（嗯，吃了。／沒有，沒吃。）

・A：もう　晩ご飯を　食べましたか。

⇒A：もう　晩ご飯を　食べた？

（你已經吃晚餐了嗎？）

・B：はい、　もう　食べました。／いいえ、　まだです。

⇒B：うん、　もう　食べた。／ううん、　まだ（だ）。

（嗯，已經吃了。／沒有，還沒。）

（＊註：以下例句取自第 10 單元）

・私は　ハワイへ　行きたいです。

⇒私は　ハワイへ　行きたい。

（我想去夏威夷。）

・私は　勉強したくないです／勉強したくありません。

⇒私は　勉強したくない。

（我不想讀書。）

・テレビを　見ながら、　ご飯を　食べます。

⇒テレビを　見ながら、　ご飯を　食べる。

（一邊看電視，一邊吃飯。）

・私は　仕事が　ありますから、　今日は　友達と　新宿へ　行きませんでした。

⇒私は　仕事が　あるから、　今日は　友達と　新宿へ　行かなかった。

（因為我要工作，所以今天我沒有和朋友去新宿。）

・日本語を　1年　勉強しましたが、　漢字が　ぜんぜん　わかりません。

⇒日本語を　1年　勉強したが、　漢字が　ぜんぜん　わからない。

（我學了一年日文，但漢字完全不懂。）

・東京は　とても　便利です。（○しかし／○でも）、　家賃が　高いです。

⇒東京は　とても　便利（だ）。（○しかし／○でも）、　家賃が　高い。

（東京很方便。但房租很貴。）

（＊註：以下例句取自第 11 單元）

・会社へ　行く　前に、　コーヒーを　飲みます。

⇒会社へ　行く　前に、　コーヒーを　飲む。

（去公司之前，喝咖啡。）

・高いですから、　この店で　買わないで　ください。

⇒高いから、　この店で　買わないで。

（因為很貴，所以別在這間店買。）

（＊註：以下例句取自第 12 單元）

・お風呂に　入った　後で、　ご飯を　食べます。

⇒お風呂に　入った　後で、　ご飯を　食べる。

（洗澡之後，吃飯。）

・食事した　後で、　コーヒーを　飲みませんか。

・食事した　後で、　コーヒーを　飲まない？

（吃飯後，要不要喝咖啡？）

・日曜日は　いつも、　部屋の　掃除を　したり　買い物を　したり　します。

⇒日曜日は　いつも、　部屋の　掃除を　したり　買い物を　したり　する。

（星期天總是打掃房間，買買東西。）

・本を　借りる　時、　学生証を　受付の　人に　見せました。

⇒本を　借りる　時、　学生証を　受付の　人に　見せた。

（借書的時候把學生證拿給櫃檯的人看了。）

・散歩する　時、　犬も　連れて　行きます。

⇒散歩する　時、　犬も　連れて　行く。

（散步的時候，也會帶小狗去。）

## 辨析：

I 、常體與敬體僅於句尾變化即可，因此「～前に」、「～後で」、「～時」、「～たり」、「～ながら」等接續表現不會有敬體與常體的問題。但「～から」後句為敬體時，前句則是可以使用敬體或常體；「～が」則是後句與前句的敬體常體必須統一。

○ 天気が　いいですから、　散歩しましょう。

○ 天気が　いいから　散歩しましょう。

○ 天気が　いいから、　散歩しよう。（※「しよう」為「しましょう」的常體⇒ N4）

（因為天氣很好，所以我們去散步吧。）

○ あの　店の　ケーキは　有名ですが、　美味しくないです。

○ あの　店の　ケーキは　有名だが、　美味しくない。

（那間店的蛋糕很有名，但是不好吃。）

× あの　店の　ケーキは　有名だが、　美味しくないです。

× あの　店の　ケーキは　有名ですが、　美味しくない。

II 、名詞與ナ形容詞的常體現在式肯定時，口語時更習慣將「だ」省略不講。現在式疑問時，則一定得省略掉「だ」。

○ 私は　学生（だ）。

○ 私は　学生。

（我是學生。）

× あなたは　学生だ？

○ あなたは　学生？

（你是學生嗎？）

III 、常體的疑問句，無論是動詞還是名詞，口語時一般傾向不加上表疑問的終助詞「～か」，而是會提高語尾的語調（書寫時會使用問號）。

○　明日、　渋谷へ　行く？　／　昨日、　新宿へ　行った？

（少）明日、　渋谷へ　行くか？　／　昨日、　新宿へ　行ったか？

（明天要去澀谷嗎？／昨天去了新宿嗎？）

○　あなたは　学生？　／　昨日は　雨だった？

（少）あなたは　学生か？　／　昨日は　雨だったか？

（你是學生嗎？／昨天下了雨嗎？）

Ⅳ、口語時，有時會省略掉助詞「は、が、へ、を」。

○ あなたは　学生？

○ あなた　学生？

（你是學生嗎？）

○ お金が　ある？

○ お金　ある？

（你有錢嗎？）

○ 昨日、　どこへ　行った？

○ 昨日、　どこ　行った？

（昨天你去了哪裡？）

○ 今晩、　何を　食べる？

○ 今晩、　何　食べる？

（今晚要吃什麼？）

## 隨堂測驗：

01.　あの人は　この　会社の　（　）？

1. 社長だ　2. 社長だか　3. 社長

02.　あの女性は　（　）、　性格が　とても　悪いの。

1. 綺麗が　2. 綺麗だが　3. 綺麗ですが

解01.（3）　02.（2）

# 83. 直接引用與間接引用

接続：「句子」＋と　or　常體句＋と

常体：と言った

翻訳：（某人）說…。

説明：助詞「～と」用於表示情報傳達動詞（如：言います、聞きます、話します）的傳達「內容」。若要「引述、引用」他人講過的話，就可使用「～と　言います」的表達方式。引用的方式，又可分為「直接引用」與「間接引用」。

① 所謂的「直接引用」，就是直接將別人的話原封不動地引述，並在話語的前方後方加上引號「」。因此引號內部可為敬體、常體、或者「ね、よ」等表口氣的終助詞。

② 而「間接引用」，則是以引用者的角度來描述一件事情。因此並不需在引用話語前後方加上引號「」。引用的內容也必須改為常體，且不可將「ね、よ」等表口氣的終助詞引用進來。此外，由於間接引用是以「引用者」的角度來描述事情，因此人稱代名詞也必須修改成引用者的角度。

①・田中(たなか)さんは　「明日(あした)、　渋谷(しぶや)へ　行(い)きますよ」と　言(い)いました。

（田中先生說：「我明天要去澀谷喔」。）

・山本(やまもと)さんは　「わあ、このケーキ　美味(おい)しいです」と　言(い)いました。

（山本小姐說：「哇！這個蛋糕好好吃喔」。）

・鈴木(すずき)さんは　「ここは　とても　静(しず)かですね」と　言(い)いました。

（鈴木先生說：「這裡好安靜喔」。）

・春日(かすが)さんは　「私(わたし)は　学生(がくせい)です」と　言(い)いました。

（春日先生說：「我是學生」。）

②・田中(たなか)さんは、　明日(あした)　渋谷(しぶや)へ　**行(い)く**と　言(い)いました。

（田中先生說他明天要去澀谷。）

・山本(やまもと)さんは、　このケーキは　**美味(おい)しい**と　言(い)いました。

（山本小姐說這個蛋糕很好吃。）

・鈴木(すずき)さんは、　ここは　とても　静(しず)か**だ**と　言(い)いました。

（鈴木先生說這裡很安靜。）

・春日(かすが)さんは、　**自分(じぶん)**は　学生(がくせい)**だ**と　言(い)いました。

（春日先生說他自己是學生。）

## 隨堂測驗：

01. 部長は、　今日の　会議は　（　）と　言いました。

　1. 大変だ　2. 大変です　3. 大変な　4. 大変

02. 春日さんは、　昨日　パーティーで　鈴木さんに　（　）と　言いました。

　1. 会う　2. 会います　3. 会った　4. 会いました

解01.（1）　02.（3）

## 文章與對話

（DVD 正在播放使用須知）

ディスクを　触(さわ)ったり、　遊(あそ)んだり　しないで　ください。　ディスクに　落書(らくが)きしたり　シールを　貼(は)ったり　しないで　ください。　それから、　テレビを　見(み)る　時(とき)は　テレビから　離(はな)れて　見(み)ましょう。　見(み)た　後(あと)で、　ディスクを　ケースに　しまいましょう。

---

（兩人討論要看 DVD）

林(リン)：この映画(えいが)、　とても　面白(おもしろ)いよ。

陳(チン)：本当(ほんとう)？　これ、　なんの　映画(えいが)？

林(リン)：日本人(にほんじん)が　ヨーロッパへ　留学(りゅうがく)に　行(い)った　時(とき)、　出会(であ)った　面白(おもしろ)い　人(ひと)の　話(はなし)。

陳(チン)：主人公(しゅじんこう)は　僕(ぼく)たちと　同(おな)じ　留学生(りゅうがくせい)だね。

林(リン)：うん。　だから　面白(おもしろ)いの。（「～の」，用於表達說話者主張的語氣。）

陳(チン)：あっ、　今日(きょう)　洗濯(せんたく)（を）　忘(わす)れた。

林(リン)：これ（を）　観(み)た　後(あと)で　やるから、　先(さき)に　観(み)よう。（「見よう」為「見ましょう」的常體。）

## 翻譯

（DVD 正在播放使用須知）

請不要觸摸光碟表面，也不要把玩光碟。也請不要在光碟上塗鴉，貼貼紙等。然後，看電視時請離開電視遠一點（保持距離）。看完後，把光碟收到盒子裡。

（兩人討論要看 DVD）

林：這部電影，很好看喔。

陳：真的喔，這是什麼電影？

林：日本人去歐洲留學時，遇到有趣的人的故事。

陳：主角跟我們一樣是留學生啊。

林：對啊，所以才有趣啊。

陳：啊，我今天忘了洗衣服。

林：這個電影看完後我再洗，先來看片吧。

# 12 單元小測驗

1．仕事が　（　）、　飲みに　行きましょう。
　1　終わる　前に　　2　終わる　後で
　3　終わった　前に　　4　終わった　後で

2．山田君（　）　来た　後で、　みんなで　掃除を　しました。
　1　は　　2　が　　3　へ　　4　を

3．毎晩　テレビを　見たり、　音楽を　（　）。
　1　聴きます　　2　聴いたり　します
　3　聴きました　　4　聴いたり　しました

4．（　）時、　スマホの　電源を　切ります。
　1　寝る　　2　寝ない　　3　寝た　　4　寝ます

5．家へ　（　）時、　手を　洗います。
　1　帰る　　2　帰らない　　3　帰った　　4　帰ります

6．今日、　明治神宮で　お祭りが　あるから、　一緒に　（　）？
　1　遊びに　行かない　　2　遊ぶに　行かない
　3　遊びに　行った　　4　遊ぶに　行った

7．陳さんは、　もう　この会社で　（　）と　言いました。
　1　働かなくたい　　2　働きたくない
　3　働かたくない　　4　働きなくたい

8．＿＿＿　＿＿＿　＿★＿　＿＿＿　見たりしないで　ください。
　1　スマホを　　2　授業の時　　3　隣の人と　　4　話したり

9．晩ご飯を食べた　＿＿＿　＿＿＿　＿★＿　＿＿＿　閉めないで。
　1　ドアを　　2　後で　　3　行きたいから　　4　散歩に

10．＿＿＿　＿★＿　＿＿＿　＿＿＿　くださいと　言いました。
　1　勝手に部屋に入ったり　　2　母は
　3　冷蔵庫を開けたりしないで　　4　人のおうちへ行った時

13

# 第 13 單元：動詞て形

84. 動詞ます形改為動詞て形
85. ～てください
86. ～ています（進行）
87. ～てから
88. ～て、～

本單元學習動詞的「て形」以及使用到動詞「て形」的相關句型。第 85 項文法「～てください」源自於特殊活用的五段動詞「くださる」，因此「～てください」本身算是敬體。其常體為「～て」或「～てくれ（非 N5 範圍）」。第 87 項文法「～てから」與第 88 項文法「～て、～」，以及上一單元學習到的「～後で」皆用來表示先後順序，但使用的情況稍有不同。關於這點，檢定考不常出題，僅需稍微了解即可。

# 第 13 單元： 動詞て形

## 84. 動詞ます形改為動詞て形

說明：本項文法學習如何將動詞「～ます形」改為動詞て形。「動詞て形」的改法與動詞「た形」一樣。

Ⅰ、若動詞為**一類**動詞，則動詞去掉ます後，語幹最後一個音依照下列規則「音便」。音便後，再加上「て」即可。

① 促音便：「～ます」的前方若為「～い、～ち、～り」，則必須將「～い、～ち、～り」改為促音「っ」再加上「て」。

笑(わら)い~~ます~~　→笑(わら)っ＋て　＝笑(わら)って
待(ま)ち~~ます~~　→待(ま)っ＋て　＝待(ま)って
降(ふ)り~~ます~~　→降(ふ)っ＋て　＝降(ふ)って

② 撥音便：「～ます」的前方若為「～に、～び、～み」，則必須將「～に、～び、～み」改為撥音「～ん」，再加上「で」（一定要為濁音で）。

死(し)に~~ます~~　→死(し)ん＋で　＝死(し)んで
遊(あそ)び~~ます~~　→遊(あそ)ん＋で　＝遊(あそ)んで
飲(の)み~~ます~~　→飲(の)ん＋で　＝飲(の)んで

③ イ音便：「～ます」的前方若為「～き／～ぎ」，則必須將「～き／～ぎ」改為「い」再加上「て／で」（「～き」→「～いて」／「～ぎ」→「いで」）。但有極少數例外，如：「行き→行って」。

書(か)き~~ます~~　→書(か)い＋て　＝書(か)いて
急(いそ)ぎ~~ます~~　→急(いそ)い＋で　＝急(いそ)いで
（例外）
行(い)き~~ます~~　→行(い)っ＋て　＝行(い)って

④「～ます」的前方若為「～し」，則不會產生音便現象，直接於「～し」後方加上「～て」即可。

消(け)し~~ます~~　→消(け)し＋て　＝消(け)して

II、若動詞為**二類**動詞，則僅需將動詞ます形的語尾～ます去掉，再替換為～て即可。

寝(ね)ます（　　ｎｅます）　→寝(ね)~~ます~~＋て
食(た)べます（ｔａｂｅます）　→食(た)べ~~ます~~＋て
起(お)きます（ｏｋｉます）　→起(お)き~~ます~~＋て

III、若動詞為**三類**動詞，由於僅兩字，因此只需死背替換。

来(き)ます　→　来(き)て
します　→　して
運動(うんどう)します　→　運動(うんどう)して

---

一類動詞（五段動詞）：

刪除ます後，語幹最後一個音依照下列規則「音便」。音便後，再加上「て」即可。

①「～います、～ちます、～ります」→促音便
- 笑(わら)い~~ます~~　→　笑(わら)って
- 待(ま)ち~~ます~~　→　待(ま)って
- 降(ふ)り~~ます~~　→　降(ふ)って

②「～にます、～びます、～みます」→撥音便
- 死(し)に~~ます~~　→　死(し)んで
- 遊(あそ)び~~ます~~　→　遊(あそ)んで
- 飲(の)み~~ます~~　→　飲(の)んで

③「～きます／～ぎます」→イ音便
- 書(か)き~~ます~~　→　書(か)いて
- 急(いそ)ぎ~~ます~~　→　急(いそ)いで
- 行(い)き~~ます~~　→　行(い)って（例外）

④無音便
- 消(け)し~~ます~~　→　消(け)して

二類動詞（上、下一段動詞）：

將語尾「ます」改為「て」即可。

- 出(で)ます　→　出(で)て
- 寝(ね)ます　→　寝(ね)て
- 食(た)べます　→　食(た)べて
- 捨(す)てます　→　捨(す)てて
- 教(おし)えます　→　教(おし)えて

- 見(み)ます　→　見(み)て
- 着(き)ます　→　着(き)て
- 起(お)きます　→　起(お)きて
- できます　→　できて

三類動詞（カ行變格動詞）：

- 来(き)ます　→　来(き)て

三類動詞（サ行變格動詞）：

- します　→　して
- 掃除(そうじ)します　→　掃除(そうじ)して

## 隨堂測驗：

01. 動詞「走ります」的て形為：

1. 走て　2. 走いて　3. 走って　4. 走りて

02. 動詞「います」的て形為：

1. いって　2. いて　3. いいて　4. いんで

解01.（3）　02.（2）

# 85. ～てください

接続：動詞て形＋ください

常体：～て

翻訳：請…。

說明：日文中有許多表現文型，其前方必須接續第 84 項文法項目當中所學習到的「動詞て形」。本項文法「～てください」（請…），前方就必須使用動詞て形。「～てください」用於表達說話者對聽話者的「請求」或「指示」，因此做動作者為聽話者。其常體的表達形式僅需刪除「ください」即可。

・ここに　名前(なまえ)を　書(か)き~~ます~~。
書(か)いて　ください。／（常體）書(か)いて。
（請把名字寫在這裡。）

・ちょっと　待(ま)ち~~ます~~。
待(ま)って　ください。／（常體）待(ま)って。
（請等一下。）

・冷蔵庫(れいぞうこ)から　卵(たまご)を　２個(こ)と　牛乳(きゅうにゅう)を　出(だ)し~~ます~~。
出(だ)して　ください。／（常體）出(だ)して。
（請從冰箱裡拿出兩顆蛋和牛奶。）

・窓(まど)を　閉(し)め~~ます~~。
閉(し)めて　ください。／（常體）閉(し)めて。
（請關窗。）

・ここに　~~来(き)ます~~。
来(き)て　ください。／（常體）来(き)て。
（請過來這裡。）

・この資料(しりょう)を　２枚(まい)　コピー~~します~~。
コピーして　ください。／（常體）コピーして。
（請影印兩份這個資料。）

・暑いですから、　窓を　開けて　ください。

（很熱，請開窗。）

・家に　入る　前に、　靴を　脱いで　ください。

（進家門前，請先脫鞋子。）

・家に　入った　後で、　手を　洗って　ください。

（進家門後，請洗手。）

・本を　借りる　時、　学生証を　見せて　ください。

（借書時，請秀出學生證／把學生證拿給 < 櫃檯的人 > 看。）

・すみません、　次の　信号を　右（○に／○へ）　曲がって　ください。

（不好意思，請下一個紅綠燈右轉。）

## 辨析：

本項文法所學習的「～てください」為請求或指示對方做某事，前方動詞必須接續「～て形」。若要表達請求或指示對方別做某事，則使用第 11 單元第 77 項文法學習的「～ないでください」，前方動詞必須接續「～ない形」。

**・ここに　来て　ください。**

（請過來這裡。）

**・ここに　来ないで　ください。**

（請不要來這裡。）

## 辨析：

第 07 單元第 44 項文法辨析中所學習到的「～を　ください」為說話者向聽話者要求某物品的表達方式，本單元所學習到的「～てください」則是說話者向聽話者要求做某行為的表達方式。

**・その本を　ください。**

（請給我那本書。）

**・その本を　見せて　ください。**

（請給我看 < 一下 > 那本書。）

**・お金を　ください。**

（請給我錢。）

**・お金を　貸して　ください。**

（請借我錢。）

## 辨析：

「～てください」除了表達「請求」、「指示」以外，亦可用於表達「推勸」與「輕微的命令」。

**・どうぞ、　食(た)べて　ください。（推勸）**
（請吃。）

**・ここに　いて　ください。（輕微的命令）**
（請待在這裡<別亂跑>。）

## 辨析：

「～てください」雖為「請求」，但口吻中仍帶有些許「指示」的語感。日文中不太會對長輩或師長「指示」。因此即便你想表達「請求」老師做某事，亦不建議使用「～てください」。

**？ 先生(せんせい)、　私(わたし)の　作文(さくぶん)を　直(なお)して　ください。**

若想確切表達「請求」，且有「禮貌地請求」，則可使用「～てくださいませんか」（非 N5 範圍）的表達方式。

**○ 先生(せんせい)、　私(わたし)の　作文(さくぶん)を　直(なお)して　くださいませんか。**
（老師，能請你幫我改一下作文嗎？）

## 隨堂測驗：

01. 昨日の　宿題を　（　）ください。
　1. 出(だ)し　2. 出(だ)しって　3. 出(だ)して　4. 出(で)て

02. 会員証を　受付の　人に　（　）。
　1. 見て　2. 見せて　3. 見って　4. 見せって

解 01.（3）　02.（2）

# 86. ～ています（進行）

接続：動詞て形＋います
常体：～ている／～てる（※ 註：口語時，「い」可省略）
翻訳：正在…。
説明：「～ています」的前方亦是接續動詞て形，以「持續動詞＋ています」的型態來描述「此動作正在進行當中」。

・リサちゃんは　部屋で　本を　読み~~ます~~。
読んで　います。／（常體）読んで　いる。
（麗莎正在房間讀書。）

・魚が　川で　泳ぎ~~ます~~。
泳いで　います。／（常體）泳いで　いる。
（魚兒正在河流中游泳。）

・雨が　降り~~ます~~。
降って　います。／（常體）降って　いる。
（正在下雨。）

・外では　強い風が　吹き~~ます~~。
吹いて　います。／（常體）吹いて　いる。
（外面正吹著強風。）

・山田さんは、　食堂で　昼ご飯を　食べ~~ます~~。
食べて　います。／（常體）食べて　いる。
（山田先生正在食堂吃中餐。）

・太郎君は、　部屋で　勉強し~~ます~~。
勉強して　います。／（常體）勉強して　いる。
（太郎正在房間讀書。）

・見て、　あの子。　泣きながら　遊んで　（い）るよ。
（你看看那孩子。一邊哭一邊玩耍著。）

## 辨析：

所謂的「**持續動詞**」，指的就是「食べます、飲みます、勉強します」等動作，其實行時，一定需要一段時間，而非一瞬間即可完成的動作。這樣的動詞，若接續本項文法「～ています」，則是表達正在進行的意思。（上述所有例句的動詞皆為持續動詞。）

與「**持續動詞**」相對的「**瞬間動詞**」，指的就是「起きます、死にます、来ます、結婚します、知ります、住みます、持ちます、着ます」等一瞬間就會完成的動作。這樣的動詞，若接續本項文法「～ています」，由於它是一瞬間就會完成的動作，因此無法解釋為「正在進行」，會解釋為「動作發生過後的結果狀態」。

- **A：朝（あさ）ですよ。　起（お）きて　ください。　B：もう、　起（お）きて　います。**
  （A：已經天亮了喔。請起床。）　　（B：我已經醒了。）
- **家（いえ）に　友達（ともだち）が　来（き）て　います。**
  （朋友來了我家<現在還在我家>。）
- **彼（かれ）は　結婚（けっこん）して　います。**
  （他結婚了<現在還維持著婚姻狀態>。）
- **その　ことを　知（し）って　いますか。**
  （你知道那件事嗎<腦袋中還擁有著那件事情的情報>？）
- **TiN 先生（せんせい）は　東京（とうきょう）に　住（す）んで　います。**
  （TiN 老師住在東京<現在仍是在東京>。）
- **お金（かね）を　持（も）って　いますか。**
  （你有錢嗎？）
- **あの　女（おんな）の子（こ）は　赤（あか）い　ドレスを　着（き）て　います。**
  （那女孩子穿著紅色的洋裝。）

上例中，「知っています／知っている（知道）」的否定形式是「知りません／知らない（不知道）」。

- **A：山田（やまだ）さんの　電話番号（でんわばんごう）を　知（し）って　いますか。**
  （A：你知道山田先生的電話號碼嗎？）
  **B：はい、　知（し）って　います。**
  （B：我知道。）
  **B：いいえ、　知（し）りません。**
  （B：我不知道。）

## 隨堂測驗：

01. あっ、　子供が　（　）。
    1. 泣いている　2. 泣いでいる　3. 泣きている　4. 泣っている

02. A：山田さんの　電話番号を　知ってる？　B：ううん、　（　）。
    1. 知りない　2. 知ってる　3. 知らない　4. 知った

解01.（1）　02.（3）

# 87. ～てから

接続：動詞て形＋から
翻訳：先做…再…。之後…再…。
説明：「～てから」的前方亦是接續動詞て形，以「A てから、B」的型態來描述「先做 A 這個動作，再做 B 這個動作」。

此句型與第 12 單元的第 79 項文法「～後で」意思類似，很多情況也可以互相替換。兩者除了前方接續的形態不同外，本單元的「～てから」語感上聚焦於前項的動作（A），口氣上有「先做了 A 再做 B」的語感。而「～後で」則是客觀敘述「做 A 之後，做 B」的順序。因此若說話者想要強調「先做 A 之後才要做 B」，則不會使用「～後で」（※ 註：參考第三個例句）。

・明日（あした）、　市役所（しやくしょ）へ　行（い）ってから　買（か）い物（もの）に　行（い）きます。
（明天先去市公所，再去買東西。）
明日（あした）、　市役所（しやくしょ）へ　行（い）った　後（あと）で　買（か）い物（もの）に　行（い）きます。
（明天去市公所之後，再去買東西。）

・ご飯（はん）を　食（た）べてから、　お風呂（ふろ）に　入（はい）ります。
（先吃飯，再去洗澡。）
ご飯（はん）を　食（た）べた　後（あと）で、　お風呂（ふろ）に　入（はい）ります。
（吃了飯之後去洗澡。）

・A：遅（おそ）いですから、　もう　寝（ね）ましょう。
（A：已經很晚了，我們去睡覺吧。）
B：（○）歯（は）を　磨（みが）いてから、　寝（ね）ます。
（B：我先刷牙，再去睡。）
B：（？）歯（は）を　磨（みが）いた　後（あと）で、　寝（ね）ます。
（B：我刷牙之後，去睡覺。）

・ここに　名前を　書いてから、　会場に　入って　ください。
（請先在這裡寫名字，再進場。）
ここに　名前を　書いた　後で、　会場に　入って　ください。
（請在這裡寫完名字後，再進場。）

・昨日、　家へ　帰ってから　晩ご飯を　食べました。
（昨天先回家，才吃晚餐。）
昨日、　家へ　帰った　後で　晩ご飯を　食べました。
（昨天回家之後，吃了晚餐。）

## 辨析：

由於「〜てから」有強調先做 A 的語感在，因此，如果很明確地，B 動作一定得在做完 A 動作之後才做，則不會使用本句型。

**○ 昨日、　家へ　帰ってから　晩ご飯を　食べました。**
**× 昨日、　家へ　帰ってから　部屋で　寝ました。**
**○ 昨日、　家へ　帰った　後で　部屋で　寝ました。**

「吃晚餐」這個動作，有可能在外面餐廳也可以吃，因此可以使用「〜てから」來強調，是「先回家」之後才吃的。
但「在房間睡覺」這個動作，一定得先回家才能實行，因此不會使用本項句型來強調「先回家後」才去房間睡覺。
而「〜後で」僅是客觀敘述兩個動作發生的順序，因此可以講「回家之後」做了「在房間睡覺」這個動作。

## 辨析：

「～てから」還有表達「持續狀態或變化之**起點**」的用法，表示 B 這樣的狀態，是從 A 就開始持續著的，經常會配合副詞「ずっと」一起使用。中文可翻譯為「自從…就一直（保持這樣的狀態）」。亦可替換為「～後」但此用法時不可加上「で」。

**・彼は　家へ　帰ってから、　ずっと　寝て　います。**
**彼は　家へ　帰った　（○後／ ×後で）、　ずっと　寝て　います。**

（他從一回家之後，就一直睡覺<還沒醒>。）

**・日本に　来てから、　ずっと　働いて　います。**
**日本に　来た　（○後／ ×後で）、　ずっと　働いて　います。**

（我自從來了日本之後，就一直工作<都沒休息>。）

## 隨堂測驗：

01. コーヒーを　（　）、　仕事を　始めます。
　1. 飲んでから　2. 飲んてから　3. 飲みてから　4. 飲ってから

02. 息子は　家へ　（　）、　ずっと　テレビゲームを　やって　います。
　1. 帰ったり　2. 帰ってから　3. 帰った後で　4. 帰る時

解 01.（1）　02.（2）

# 88. ～て、～

接続：動詞て形

翻訳：A，（然後）B。

説明：第 84 項文法項目當中所學習到的「動詞て形」，除了用來接續各種表現文型以外，亦可用來串連兩個以上的句子。例如「朝起きます」＋「新聞を読みます」，就可以使用「A 句て、B 句」，也就是「朝起きて、新聞を読みます」的方式來將兩個以上的句子合併，來羅列出所做的事情。

・朝 起きて、 新聞を 読みます。

（早上起床，然後讀報紙。）

・明日、 新宿へ 行って、 買い物を して、 レストランで 食事を します。

（明天去新宿，買東西，然後在餐廳吃飯。）

・家へ 帰って、 部屋で 寝ました。

（回家，然後在房間睡覺。）

・スターバックスに 入って、 コーヒーを 注文しました。

（進星巴克，然後點了咖啡。）

## 辨析：

「～て、～」僅是用來單純羅列出所做的事情，因此沒有「～てから」那種強調前述動作先做的口吻，亦不像「～後で」那樣強調先後順序。「～て、」亦可排列三項事情，來講述這三件事情的先後發生，但「～てから」與「～後で」僅可排列兩項事情。

**× 家へ 帰ってから、 テレビを 見てから、 寝ます。**

**○ 家へ 帰って、 テレビを 見て 寝ます。**

（回家，看電視，然後睡覺。）

**○ 家へ 帰って、 テレビを 見てから 寝ます。**

（回家後，先看了電視才睡覺。）

**○ 家へ 帰って、 テレビを 見た 後で 寝ます。**

（回家，看了電視之後睡覺。）

## 辨析：

「A て、B」除了用於羅列出所做的事情外，亦可用於表 A 句為 B 句的**原因・理由**，以及**使用的工具**。

・**風邪を　引いて、　学校を　休みました。（原因・理由）**

（感冒，所以請假沒上學。）

**＝風邪を　引きましたから、　学校を　休みました。**

（因為感冒了，所以請假沒上學。）

・**パソコンを　使って、　勉強します。（工具）**

（使用電腦學習。）

**＝パソコンで、　勉強します。**

（用電腦學習。）

## 隨堂測驗：

01. 昨日　8 時に　（　）、　歯を　（　）　出掛けました。

　1. 起って／磨って　2. 起きいて／磨いで

　3. 起きて／磨いて　4. 起きって／磨きって

02. 子供が　（　）、　賑やかに　なりました。

　1. 生まれたが　2. 生まれたり　3. 生まれながら　4. 生まれて

解 01.（3）　02.（4）

## 文章與對話

（醫院網站上的看診公告）

当院は　予約制です。　診察の　方は　直接　病院に　来ないで　ください。　インターネットで　予約してから　来て　ください。　病院に　来る　時、　保険証を　持って　きて　ください。　病院へ　来た　後、　保険証を　受付の　人に　見せて　ください。　初めての　方は、　こちらの　問診票を　ダウンロードして、　全部　書いてから　来て　ください。

それから、　今　新型コロナウイルスが　流行って　いますから、　待合室では　マスクを　外して　話を　しないで　ください。

（小陳正在看醫生）

先生：どう　しましたか。

陳　：先週から　喉が　痛くて、　熱も　少し　あります。

先生：そうですか。　最近、　海外へ　行きましたか。

陳　：いいえ。　でも　先週　友達に　会いに　大阪へ　行きました。

先生：友達と　居酒屋へ　飲みに　行ったり、　新型コロナウイルスの　感染者に　会ったり　しましたか。

陳　：いいえ。　周りには　コロナに　なった　人は　いません。（「～なった人」⇒形容詞子句 #89）　ワクチン接種も　受けました。

先生：わかりました。　では、　喉を　見ますから、　口を　開けて　ください。

先生：扁桃腺が　腫れて　いますね。　薬を　飲んで、　水も　たくさん　飲んで、　ゆっくり　休んで　ください。　それから、　人が　多い　所へは　行かないで　ください。

陳　：わかりました。

先生：では、　来週　また　来て　ください。　お大事に。

陳　：ありがとうございました。

## 翻譯

（醫院網站上的看診公告）

本院為預約制。要看病的人請不要直接來醫院。請先上網預約後再來。來醫院時，請把保險證帶來。來醫院後，把保險證給櫃檯的人看。第一次來（門診）的人，請下載這個問診票，全部填寫完畢後再來。

此外，由於現在武肺疫情流行中，請在等候區時，不要拿下口罩講話聊天。

（小陳正在看醫生）

醫生：你怎麼了呢？

陳　：我從上個星期開始就喉嚨痛，而且有點發燒。

醫生：最近有去國外嗎？

陳　：沒有。但上個星期有去大阪找朋友。

醫生：你有和朋友去居酒屋喝酒，或接觸到武漢肺炎確診者之類的嗎？

陳　：沒有。我周遭沒人確診武漢肺炎。而且我也打疫苗了。

醫生：好的。那麼，我要看你的喉嚨，請張開嘴巴。

醫生：扁桃腺腫腫的。請吃藥，多喝水，好好休息。然後，請不要去人多的地方。

陳　：好的，了解。

醫生：那麼，請下個星期再來。保重。

陳　：謝謝。

# 13 單元小測驗

1．病気の　時、　お酒を　（　）。

1　飲みましょう　　2　飲んで　ください

3　飲みませんか　　4　飲まないで　ください

2．暑いですから、　エアコンを　（　）　ください。

1　開けて　　2　つけて　　3　開けって　　4　つけって

3．あっ、　猫が　（　）。

1　鳴（な）いてる　　2　鳴（な）いてたい　　3　鳴（な）ている　　4　鳴（な）てる

4．ご飯を　（　）　スーパーへ　行きます。

1　食べたから　　2　食べてから　　3　食べて後　　4　食べたが

5．A：椋太君の　電話番号　知ってる？　B：ううん、　（　）。

1　知ってる　　2　知ってた　　3　知らない　　4　知りない

6．昨日、　風邪を　（　）　会社を　休みました。

1　引いてから　　2　引いた後で　　3　引いて　　4　引く前に

7．朝　起きて、　新聞を　（　）、　会社へ　行きます。

1　読んで　　2　読んだ　　3　読む後　　4　読むから

8．コロナの　ワクチンを　＿＿＿　＿＿＿　＿★＿　＿＿＿　ください。

1　旅行に　　2　行って　　3　から　　4　打（う）って

9．コロナの　ワクチンを、　＿＿＿　＿＿＿　＿★＿　＿＿＿　ください。

1　打って　　2　前に　　3　旅行に　　4　行く

10．コロナが　流行って　いますから、　＿＿＿　＿＿＿　＿★＿　＿＿＿　行かないで　ください。

1　人が多い　　2　カラオケなど　　3　は　　4　ところへ

14

# 第 14 單元：形容詞子句

89. 形容詞子句（規則）
90. 形容詞子句（套用）
91. 形容詞子句（後移）
92. 形容詞子句（時制）
93. 形式名詞「～こと」

形容詞子句屬於從屬子句的一種，經常出題於重組題當中。由於這種結構非常重要，關乎到往後進入中級、甚至高級程度的閱讀，因此必須於 N5 時就打好基礎、釐清觀念。本書於第 89 項文法先學習基本規則，再於第 90 項文法學習如何將形容詞子句套用在先前學過的句子裡。第 91 項文法則是學習如何將句子中的其中一個補語後移至後方作為被修飾部分，第 92 項文法進而講述有關於形容詞子句的時制。

# 89. 形容詞子句（規則）

接続：名詞修飾形＋名詞

説明：我們曾經在第 03 單元學習到，如何使用イ形容詞或ナ形容詞來修飾名詞，進一步說明此名詞的性質或狀態。而本文法項目要教導讀者，除了可以使用イ形容詞或ナ形容詞來修飾名詞以外，亦可拿一個句子，來修飾名詞。

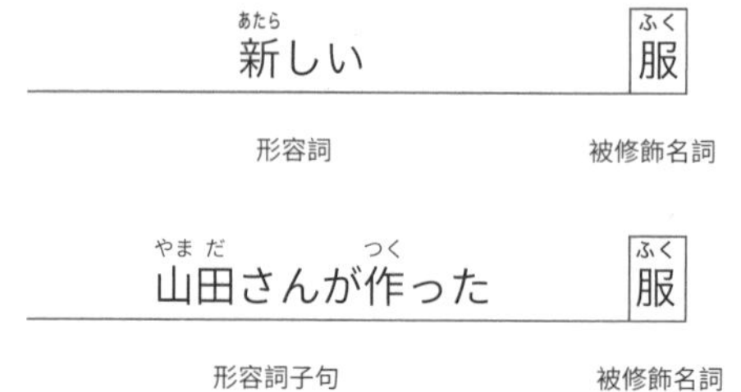


就有如上例：這樣的句子，其擺放的位置以及功能，就等同於一個形容詞，用來修飾一個名詞，因此本書將這樣的修飾句，統稱為「**形容詞子句**」（※ 註：部分文法書稱之為「連體修飾節」）。

若要拿一個句子來作為形容詞子句修飾某名詞，則這句子必須：Ｉ、改為「名詞修飾形」。II、動作主體不可使用「は」，必須改為「が」。III、此動作主體「が」的部分若緊接著述語（動詞、形容詞 ... 等），則「が」亦可改為「の」。

**Ｉ、名詞修飾形**

各個品詞的名詞修飾形如下：

**【動詞】**

| | 名詞修飾形 |
|---|---|
| 現在肯定 | 行（い）く　　　（動詞原形） |
| 現在否定 | 行（い）かない　　（動詞ない形） |
| 過去肯定 | 行（い）った　　　（動詞た形） |
| 過去否定 | 行（い）かなかった（動詞ない形改過去） |
| 進行或狀態 | 行（い）っている　（～ています的常體） |

- アメリカへ　行く　人　（要去美國的人）
- アメリカへ　行かない　人　（不去美國的人）
- アメリカへ　行った　人　（去了美國的人）
- アメリカへ　行かなかった　人　（沒去美國的人）

形容詞子句　　被修飾名詞

**【イ形容詞】**

| | 名詞修飾形 |
|---|---|
| 現在肯定 | 美味しい |
| 現在否定 | 美味しくない |
| 過去肯定 | 美味しかった |
| 過去否定 | 美味しくなかった |

- 味が　美味しい　ケーキ　（味道美味的蛋糕）
- 味が　美味しくない　ケーキ　（味道不美味的蛋糕）
- 味が　美味しかった　ケーキ　（< 之前那個 > 味道美味的蛋糕）
- 味が　美味しくなかった　ケーキ　（< 之前那個 > 味道不美味的蛋糕）

形容詞子句　　被修飾名詞

**【ナ形容詞】**

| | 名詞修飾形 |
|---|---|
| 現在肯定 | 静かな |
| 現在否定 | 静かではない or 静かじゃない |
| 過去肯定 | 静かだった |
| 過去否定 | 静かではなかった or 静かじゃなかった |

- 緑が　多くて　とても　静かな　町
（綠色植物很多又安靜的地方）
- 緑が　少なくて　あまり　静かでは（じゃ）ない　町
（綠色植物很少又不安靜的地方）
- 緑が　多くて　とても　静かだった　町
（< 之前去的那個 > 綠色植物很多又安靜的地方）
- 緑が　少なくて　あまり　静かでは（じゃ）なかった　町
（< 之前去的那個 > 綠色植物很少又不安靜的地方）

形容詞子句　　被修飾名詞

**【名詞】**

| | 名詞修飾形 |
|---|---|
| 現在肯定 | 休み（やす）**の** |
| 現在否定 | 休み（やす）ではない　or　休み（やす）じゃない |
| 過去肯定 | 休み（やす）だった |
| 過去否定 | 休み（やす）ではなかった　or　休み（やす）じゃなかった |

・会社（かいしゃ）が　休み（やす）の　日（ひ）　（公司放假的日子）
・会社（かいしゃ）が　休み（やす）では（じゃ）ない　日（ひ）　（公司沒放假的日子）
・会社（かいしゃ）が　休み（やす）だった　日（ひ）　（之前公司放假的日子）
・会社（かいしゃ）が　休み（やす）では（じゃ）なかった　日（ひ）　（之前公司沒放假的日子）

形容詞子句　　被修飾名詞

請注意，上表的「名詞修飾形」與第 12 單元第 82 項文法所學習到的「常體（普通形）」的不同之處，在於「ナ形容詞」與「名詞」的「現在肯定」部分，請留意不要搞混。

## II、動作主體「が」

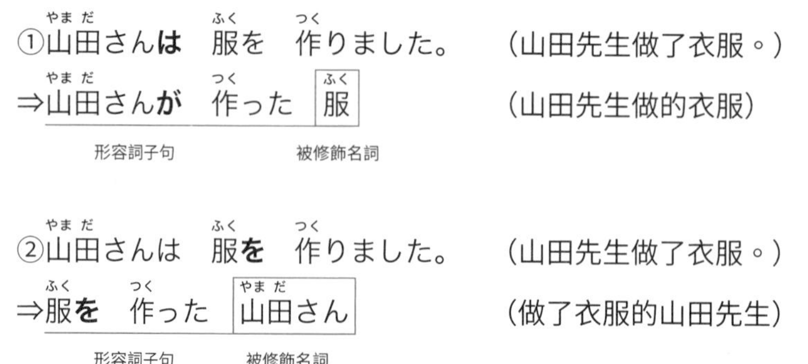


就有如例 ①，由於「山田さん」為動作主體（主語），因此若句子改為形容詞子句，放置於名詞前方時，則必須將「は」改為「が」。但由於例 ② 當中的「服」並非動作主體，而是對象（受詞／目的語），因此不可將「を」改為「が」。

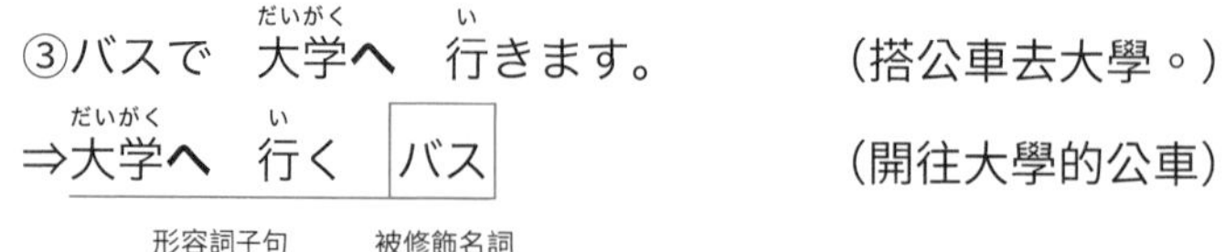


同理，例句 ③ 中的「大学」為移動的方向，因此不可將「へ」改為「が」。

### III、動作主體「が」⇒「の」

形容詞子句中，若表動作主體的「が」緊接著述語（動詞、形容詞 ... 等），例如下例中的「太郎が」緊接著「買った」，則「が」亦可替換為「の」。

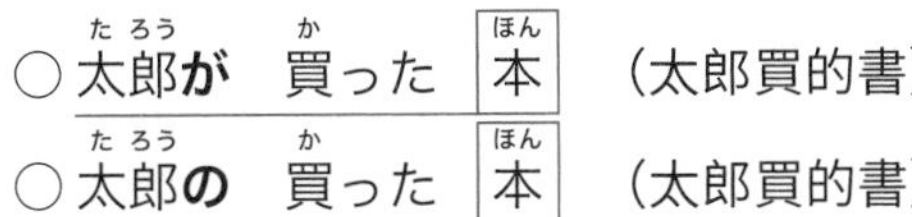


形容詞子句　被修飾名詞

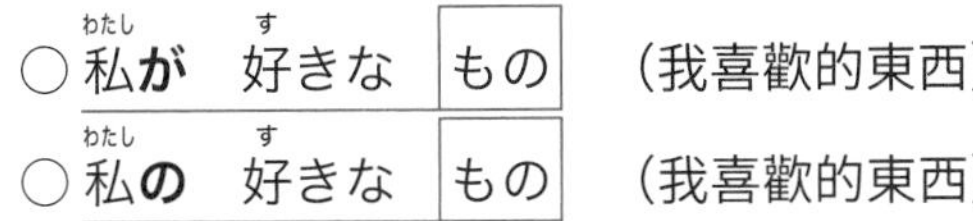


形容詞子句　被修飾名詞

若「が」與述語（動詞、形容詞 ... 等）間還有其他補語，例如下例中的「太郎が」與動詞「読んだ」的中間還夾帶著「図書館で」，這樣的情況就不習慣替換為「の」。

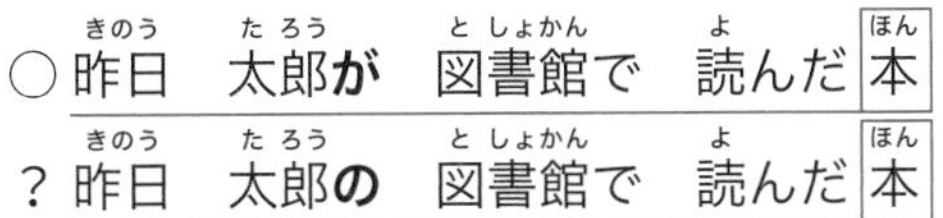


形容詞子句　被修飾名詞

## 隨堂測驗：

01. 昨日　（　）本。
　1. 読む　2. 読みます　3. 読んで　4. 読んだ

02. 昨日　ここに　（　）人。
　1. 来ない　2. 来なかった　3. 来る　4. 来て

解 01.（4）　02.（2）

# 90. 形容詞子句（套用）

接続：名詞修飾形＋名詞

説明：形容詞子句可用來修飾句子中的任何名詞，接下來，我們就來試試看，拿出之前學過的句子，並在名詞的前方附加上形容詞子句，來進一步說明描述這個名詞。以下例句，畫底線部分為形容詞子句，框框部分為被形容詞子句修飾的名詞。

（＊註：以下例句取自第 01 單元）

・山田（やまだ）さんは　学生（がくせい）です。
（山田先生是學生。）
⇒日本（にほん）から来（き）た山田（やまだ）さんは　学生（がくせい）です。
（從日本來的山田先生是學生。）
⇒山田（やまだ）さんは、　師範大学（しはんだいがく）で中国語（ちゅうごくご）の勉強（べんきょう）をしている学生（がくせい）です。
（山田先生是在師範大學學中文的學生。）
⇒日本（にほん）から来（き）た山田（やまだ）さんは、　師範大学（しはんだいがく）で中国語（ちゅうごくご）の勉強（べんきょう）をしている学生（がくせい）です。
（從日本來的山田先生，是在師範大學學中文的學生。）

（＊註：以下例句取自第 02 單元）

・そこは　トイレですか。
（那裡是廁所嗎？）
⇒そこは　社員（しゃいん）が使（つか）うトイレですか。
（那裡是員工專用的廁所嗎？）

（＊註：以下例句取自第 03 單元）

・このかばんは、　小（ちい）さくて　軽（かる）いです。
（這個包包既小又輕。）
⇒このイタリアで買（か）ったかばんは、　小（ちい）さくて　軽（かる）いです。
（這個義大利買的包包既小又輕。）

（＊註：以下例句取自第 04 單元）

・このマンションは　駅（○に／○から）　近いです。
（這棟大樓離車站很近。）
⇒鈴木さんが住んでいるマンションは、　駅（○に／○から）　近いです。
（鈴木先生所住的大樓離車站很近。）

（＊註：以下例句取自第 06 單元）

・ヤンさんは、　去年　台湾へ　帰りました。
（楊先生去年回台灣了。）
⇒ハンサムで、料理が上手なヤンさんは、　去年　台湾へ　帰りました。
（人帥菜又做得很棒的楊先生去年回台灣了。）

・私は　明日、　妹と　車で　東京へ　行きます。
（我明天要和妹妹開車去東京。）
⇒私は　明日、　大阪に住んでいる妹と、　車で　東京へ　行きます。
（我明天要和住在大阪的妹妹開車去東京。）
⇒私は　明日、　妹と　先週買った車で　東京へ　行きます。
（我明天要和妹妹開上星期買的車去東京。）
⇒私は　明日、　大阪に住んでいる妹と、　先週買った車で　東京へ　行きます。
（我明天要和住在大阪的妹妹開上星期買的車去東京。）

（＊註：以下例句取自第 07 單元）

・私は　お巡りさんに　道を　聞きました。
（我向巡邏員警問路。）
⇒私は、　あそこに立っているお巡りさんに　道を　聞きました。
（我向站在那裡的巡邏員警問路。）

（＊註：以下例句取自第 08 單元）

・田中さんには　恋人が　います。
（田中先生有女朋友。）
⇒田中さんには、　髪が長くて綺麗な恋人が　います。
（田中先生有個頭髮又長又漂亮的女朋友。）

・飛行機で　ワインを　10杯ぐらい　飲みました。
（我在飛機上喝了 10 杯左右的紅酒。）
⇒ハワイへ行く飛行機で、　ワインを　10杯ぐらい　飲みました。
（我在往夏威夷的飛機上喝了 10 杯左右的紅酒。）
⇒飛行機で、　イタリアで作ったワインを　10杯ぐらい　飲みました。
（我在飛機上喝了 10 杯左右義大利生產的紅酒。）
⇒ハワイへ行く飛行機で、　イタリアで作ったワインを　10杯ぐらい　飲みました。
（我在往夏威夷的飛機上喝了 10 杯左右義大利生產的紅酒。）

（＊註：以下例句取自第 09 單元）

・弟に　手紙を　書きました。　親にも　手紙を　書きました。
（我寫信給弟弟。也寫信給父母。）
⇒アメリカに留学している弟に　手紙を　書きました。
北海道に住んでいる親にも　手紙を　書きました。
（我寫信給在美國留學的弟弟。也寫信給住在北海道的父母。）

（＊註：以下例句取自第 10 單元）

・あの　店の　ケーキは、　美味しいですから　いっぱい　買いました。
（那間店的蛋糕很好吃，所以我買了一堆。）
⇒あの店で売っているケーキは、　美味しいですから　いっぱい　買いました。
（那間店所販售的蛋糕很好吃，所以我買了一堆。）

除了像是上述例句這樣，將形容詞子句套進之前學過的句子以外，其實之前所學習過的句子，也可以改寫為形容詞子句，再將其附加到別的句子裡。

（＊註：以下例句取自第 06 單元）

・ヤンさん**は**、　去年　台湾へ　帰りました。
（楊先生去年回台灣了。）
⇒ヤンさん**が**、　去年　台湾へ　帰ったことを　知っていますか。
（你知道楊先生去年回台灣了嗎。）

（＊註：以下例句取自第 07 單元）

・いつも　11 時に　昼ご飯を　食べます。

（我總是在 11 點吃中餐。）

⇒いつも　11 時に　昼ご飯を　食べる店は　あの店です。

（我總是在 11 點吃中餐的餐廳，就是那家店。）

・さっき　コーヒーを　飲みました。

（剛才喝了咖啡。）

⇒さっき　コーヒーを　飲んだ店の　名前は　スターバックスです。

（剛才喝了咖啡的店，店名叫做星巴克。）

（＊註：以下例句取自第 08 單元）

・田中さんには　恋人が　います。

（田中先生有女朋友。）

⇒田中さんには　恋人が　いることを　忘れていました。

（我忘了田中先生有女朋友了。）

・飛行機で　ワインを　10 杯ぐらい　飲みました。

（我在飛機上喝了 10 杯左右的紅酒。）

⇒飛行機で　ワインを　10 杯ぐらい　飲んだ人は　誰ですか。

（在飛機上喝了 10 杯左右紅酒的人是誰？）

（＊註：以下例句取自第 11 單元）

・会社へ　行く　前に、コーヒーを　飲みます。

（去公司前喝咖啡。）

⇒会社へ　行く　前に、コーヒーを　飲む習慣は　ありません。

（我沒有去公司前喝咖啡的習慣。）

（＊註：以下例句取自第 12 單元）

・ご飯を　食べた後で、　歯を　磨きます。

（吃飯後刷牙。）

⇒ご飯を　食べた後で、　歯を　磨くことが　大事です。

（吃飯後刷牙很重要。）

・ヨーロッパへ　旅行に　行ったり、友達と　居酒屋で　飲んだり　したいです。

（我想去歐洲旅旅行、和朋友在居酒屋喝喝酒。）

⇒ヨーロッパへ　旅行に　行ったり、友達と　居酒屋で　飲んだりしたい人、

手をあげて　ください。

（想去歐洲旅旅行、和朋友在居酒屋喝喝酒的人，請舉手。）

（＊註：以下例句取自第 13 單元）

・明日、　市役所へ　行ってから　買い物に　行きます。

（明天先去市公所，再去買東西。）

⇒明日、　市役所へ　行ってから　買い物に　行く予定です。

（明天預計先去市公所，再去買東西。）

## 隨堂測驗：

01. 排列出正確順序：山田さん　（　　　　）　美味しかったです。

　1. は　2. が　3. ケーキ　4. 作った

02. 排列出正確順序：学校の　（　　　　）　買いました。

　1. コンビニで　2. 昼ご飯を　3. ある　4. 隣に

解01.（2 4 3 1）　02.（4 3 1 2）

# 91. 形容詞子句（後移）

接続：名詞修飾形＋名詞

説明：上一個文法項目，我們學習了形容詞子句如何套用到之前學過的句子裡，也學習到了如何將之前所學過的句子，改寫為形容詞子句，再套用到別的句子裡。本項文法，則是要學習如何將一個句子當中的補語（名詞＋助詞的部分，本書稱之為「車廂」），後移至句尾，作為被修飾的名詞。

日文的動詞句，以「Aは　Bで　Cに　Dを　動詞」…等這樣的型態呈現（依動詞不同，前面使用的助詞組合也不同）。上述的「Aは」「Bで」「Cに」「Dを」這些部分就是補語（車廂）。而這些車廂可以分別拿到後方來當作是被修飾的名詞。車廂移後時，原本的助詞會刪除。

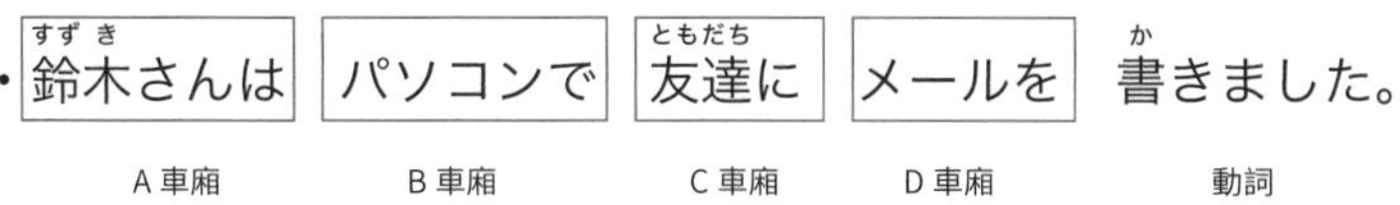


A車廂移後當被修飾名詞：　パソコンで　友達(ともだち)に　メールを　書(か)いた 鈴木(すずき)さん

B車廂移後當被修飾名詞：　鈴木(すずき)さんが　友達(ともだち)に　メールを　書(か)いた パソコン

C車廂移後當被修飾名詞：　鈴木(すずき)さんが　パソコンで　メールを　書(か)いた 友達(ともだち)

D車廂移後當被修飾名詞：　鈴木(すずき)さんが　パソコンで　友達(ともだち)に　書(か)いた メール

上述的翻譯依序為：

・（鈴木先生用電腦寫 E-mail 給朋友。）

A（用電腦寫 E-mail 給朋友的鈴木先生）

B（鈴木先生用來寫 E-mal 給朋友的電腦）

C（鈴木先生用電腦來寫 E-mail 所給的朋友）

D（鈴木先生用電腦寫給朋友的 E-mail）

接下來，我們就來將之前學習過的句子，其句中的補語後移至句尾當作被修飾的名詞。並試著將其發展成另一個更長的句子。以下例句，畫底線部分為形容詞子句，框框部分為被形容詞子句修飾的名詞。

（＊註：以下例句取自第 04 單元）

・このマンション は　駅(えき)（○に／○から）　近(ちか)いです。

（這棟大樓離車站很近。）

⇒駅(えき)（○に／○から）　近(ちか)い このマンション

（離車站很近的大樓）

⇒駅(えき)（○に／○から）　近(ちか)い このマンション は　家賃(やちん)が　高(たか)いです。

（離車站很近的大樓，房租很貴。）

（＊註：以下例句取自第 06 單元）

・ヤンさん は、　去年(きょねん)　台湾(たいわん)へ　帰(かえ)りました。

（楊先生去年回台灣了。）

⇒去年(きょねん)　台湾(たいわん)へ　帰(かえ)った ヤンさん

（去年回台灣的楊先生）

⇒去年(きょねん)　台湾(たいわん)へ　帰(かえ)った ヤンさん に　手紙(てがみ)を　書(か)きました。

（我寫了信給去年回台灣的楊先生）

（＊註：以下例句取自第 07 單元）

・さっき　コーヒー を　飲(の)みました。

（剛才喝了咖啡。）

⇒さっき　飲(の)んだ コーヒー

（剛才喝的咖啡）

⇒さっき　飲(の)んだ コーヒー は、　あまり　美味(おい)しくなかったです。

（剛才喝的咖啡不好喝。）

・私(わたし)は　お巡(まわ)りさん に　道(みち)を　聞(き)きました。

（我向巡邏員警問路。）

⇒私(わたし)が　道(みち)を　聞(き)いた お巡(まわ)りさん

（我問路的那位巡邏員警）

⇒私(わたし)が　道(みち)を　聞(き)いた お巡(まわ)りさん は　とても　親切(しんせつ)でした。

（我問路的那位巡邏員警非常親切。）

（＊註：以下例句取自第 08 單元）

・駅の　近くに　本屋が　あります。
（車站附近有間書店。）
⇒駅の　近くに　ある本屋
（車站附近的書店）
⇒駅の　近くに　ある本屋で　雑誌を　買いました。
（我在車站附近的書店買了雜誌。）

・飛行機で　ワインを　10 杯ぐらい　飲みました。
（我在飛機上喝了 10 杯左右的紅酒。）
⇒飛行機で　10 杯ぐらい　飲んだワイン
（我在飛機上喝 10 杯的紅酒）
⇒飛行機で　10 杯ぐらい　飲んだワインを　1 本　買いたいです。
（我想買一瓶我在飛機上喝 10 杯的紅酒。）

・飛行機で　ワインを　10 杯ぐらい　飲みました。
（我在飛機上喝了 10 杯左右的紅酒。）
⇒ワインを　10 杯ぐらい　飲んだ飛行機
（我喝了 10 杯紅酒的那班飛機）
⇒ワインを　10 杯ぐらい　飲んだ飛行機を　降りた　時、　吐きました。
（當我從我喝了 10 杯紅酒的那班飛機下機後，我就吐了出來。）

（＊註：以下例句取自第 09 單元）

・弟に　手紙を　書きました。
（寫了信給弟弟。）
⇒弟に　書いた手紙
（寫給弟弟的信）
⇒弟に　書いた手紙を　見せて　ください。
（請給我看你寫給弟弟的信。）

（＊註：以下例句取自第 11 單元）

・会社(かいしゃ)へ　行(い)く　前(まえ)に、　コーヒーを　飲(の)みます。

（去公司前喝咖啡。）

⇒会社(かいしゃ)へ　行(い)く　前(まえ)に　飲(の)む　コーヒー

（去公司前所喝的咖啡）

⇒会社(かいしゃ)へ　行(い)く　前(まえ)に　飲(の)む　コーヒーは　美味(おい)しいです。

（去公司前所喝的咖啡很好喝。）

## 隨堂測驗：

01. 排列出正確順序：私　（_ _ _ _）　使わないで　ください。

　　1. の　2. パソコン　3. を　4. 買った

02. 排列出正確順序：ご飯を　（_ _ _ _）　は美味しかったです。

　　1. コーヒー　2. 後で　3. 食べた　4. 飲んだ

解01.（1 4 2 3）　02.（3 2 4 1）

# 92. 形容詞子句（時制）

接続：名詞修飾形＋名詞
説明：關於形容詞子句所使用的時制，說明如下：

・昨日　買った服を　見せてください。
（請給我看你昨天買的衣服。）
・今晚　パーティーで　着る服を　見せて　ください。
（請給我看你今天晚上要在派對上穿的衣服。）

衣服已經買了，所以使用過去式「買った」。但舞會還沒開始，衣服晚上才會穿，所以使用尚未發生、非過去的「着る」。

・これは　女の人が　読む雑誌です。
（這是女人在讀的雜誌。）

「女の人が　読む」是用來形容雜誌本身的性質，是女性閱讀的雜誌，因此無關時間，使用非過去（動詞原形）即可。

・机の　上に　ある新聞を　ください。
（請給我桌上的那份報紙。）
・駅（○に／○から）　近いマンションに　住みたい。
（我想住在離車站近的大樓。）

若形容詞子句中的動詞為「あります、います」等狀態動詞，或是形容詞時，則使用非過去（動詞、形容詞原形）即可。

・あの　赤い服を　着ている人は　山田さんです。
・あの　赤い服を　着た人は　山田さんです。
（那個穿著紅色衣服的人，是山田先生。）

若使用的動詞為「着る、（眼鏡を）掛ける」…等與穿戴語意相關的動詞，則可使用「～ている」或「～た」兩者皆可。

・ご飯を　食べる時間が　ありません。
（我沒時間吃飯。）
・昨日、　市役所へ　行く予定でした。
（我昨天原本預計要去區公所。）
・明日　一緒に　飲む約束を　しました。
（我<跟朋友約好了>明天要一起喝一杯。）

「時間、予定、約束」等名詞，其構造及語意上較為特殊，前方只能使用非過去（動詞原形），這三個字請死記即可。

## 隨堂測驗：

01. 昨日　（　）　単語を　全部　忘れました。
　1. 覚える　2. 覚えた　3. 覚えて　4. 覚えます

02. 昨日、　（　）　時間が　ありませんでした。
　1. 勉強する　2. 勉強した　3. 勉強して　4. 勉強します

解01.（2）　02.（1）

# 93. 形式名詞「～こと」

接続：動詞原形＋こと

說明：本項文法介紹形式名詞「こと」。所謂的「形式名詞」，就是一個名詞，只不過這個名詞並沒有實質的意義，僅有文法上的功能，其功能就是將動詞句名詞化。也因為它本身為名詞，因此前面接續的型態就是本單元所學習的形容詞子句（名詞修飾形）。

舉例來說，我們曾經在第 09 單元第 58 項文法，學習到「～は　～が　できます」這個句型，用來表達說話者的能力。

・私(わたし)**は**　ピアノ**が**　できます。
（我會鋼琴。）

就有如上句，「～が」的前面為名詞，但如果想表達的，並不是「會鋼琴」，而是一個動作「會彈鋼琴」，一樣可以把「彈鋼琴（ピアノを　弾きます）」這個動作放置於「～が」的前方，但必須把這個動詞句加上形式名詞，將其名詞化：

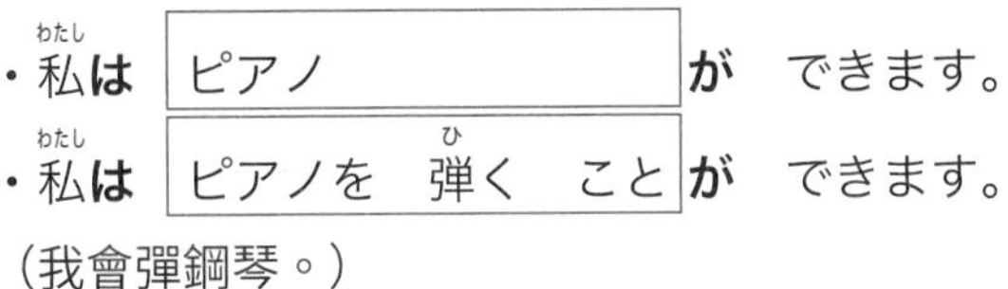
・私(わたし)**は**　ピアノ　**が**　できます。
・私(わたし)**は**　ピアノを　弾(ひ)く　こと**が**　できます。

（我會彈鋼琴。）

同理，敘述自己的興趣時，會使用「私の　趣味は　Bです」的描述方式，B 的部分必須為名詞，例如：「私の　趣味は　旅行です」。若要表達的，並不是名詞，而是做某件行為，例如「看電影（映画を　観ます）」時，則必須在其後方加上形式名詞「こと」，並將其擺放於 B 的位置。

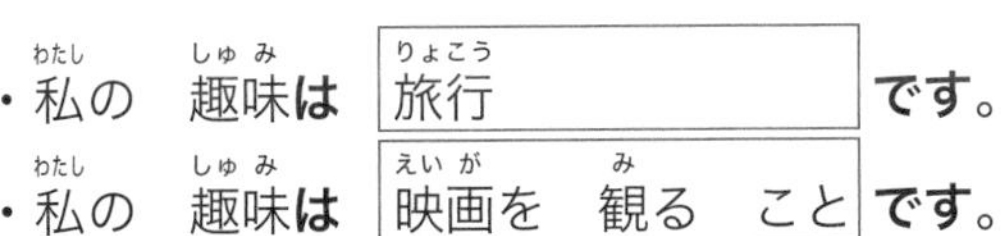
・私(わたし)の　趣味(しゅみ)**は**　旅行(りょこう)　**です**。
・私(わたし)の　趣味(しゅみ)**は**　映画(えいが)を　観(み)る　こと**です**。

（我的興趣是看電影。）

切記，不可講成「（×）私の　趣味は　映画を　観ます」，因為這樣在句法構造上，變成「観ます」這個動作的動作主體為「私の　趣味は」，但「你的興趣」並不是生命體，它是不會做「看電影」這個動作的。

此外，「こと」作為形式名詞使用時，不可寫成漢字「事」，必須用平假名來表示。翻譯成中文時，也不需要翻譯出來。

## 隨堂測驗：

01. 彼は　日本語を　（　）が　できますか。
    1. 話すこと　2. 話したこと　3. 話していること　4. 話します

02. 私の　趣味は　テレビを　（　）。
    1. 見ます　2. 見ています　3. 見ることです　4. 見たいです

解01.（1） 02.（3）

## 文章與對話

（在露營會場導遊說明事項）

皆さん、 初めまして。 私は ガイドの 杉村です。 奥多摩キャンプ場へ ようこそ。 まず、 テントを 張る 場所を 決めます。 みんなで 探して ください。 川の 側は 危険ですから、 だめです。

それから、 料理を 作る ことが できる 人、 手を あげて ください。 はい、 田村さんと 鈴木さんと ルイさんの ３人ですね。 この 説明が 終わった 後、 料理を 始めますから、 料理を 作る 人は 遠くへ 行かないで くださいね。

（學生詢問導遊事項）

陳　：今日は 向こうの 山へ 行きますか。
杉村：今日は もう 遅いですから、 行く 時間が ありませんが、 明日 みんなで 行きましょう。

林　：すみませんが、 トイレは どこですか。
杉村：トイレは キャンプ場の 入り口の 所に あります。 ちょっと 遠いですから、 トイレへ 行きたい 人は あの 木の 下で 待って いて ください。 私が 案内します。

## 翻譯

（在露營會場導遊說明事項）

各位好，初次見面。我是導遊杉村。歡迎來到奥多摩露營場。首先，要先決定搭帳篷的地方。請大家一起找。河流旁邊很危險，不可以。

然後，會做料理的人，請舉手。好，田村、鈴木以及路易三人對吧。這個說明結束後，就開始做料理，做料理的人請不要跑去太遠的地方喔。

（學生詢問導遊事項）

陳　：今天有要去對面那邊的山嗎？
杉村：今天已經很晚了，沒時間去，明天大家一起去吧。

林　：不好意思，請問廁所在哪裡呢？
杉村：廁所在露營場的入口處。有點遠，想要去廁所的人請到那棵樹下等待。
　　　我來帶領你們去。

# 14 單元小測驗

1. 鈴木さん（　）　作った　ご飯を　食べました。
   1　は　　2　が　　3　で　　4　を

2. 赤い服（　）　着た　人は　山田さんです。
   1　は　　2　が　　3　で　　4　を

3. 学校（　）　行く　電車で　本を　読みました。
   1　は　　2　が　　3　へ　　4　の

4. 昨日、　パーティーで　（　）　人は　イロハ電気の　社長です。
   1　会った　　2　会う　　3　会って　　4　会います

5. 去年、　ヨーロッパへ　（　）予定でしたが、　行きませんでした。
   1　行った　　2　行く　　3　行って　　4　行きます

6. 私は　日本語（　）　話す　こと（　）　できます。
   1　が／を　　2　を／が　　3　が／が　　4　を／を

7. 私の　趣味は　絵を　（　）。
   1　描く　ことです　　2　描いて　いる　ことです
   3　描きます　　4　描いて　います

8. 駅の　＿＿＿　＿＿＿　＿★＿　＿＿＿　で　果物を　買いました。
   1　に　　2　ある　　3　スーパー　　4　近く

9. パリで　＿＿＿　＿＿＿　＿★＿　＿＿＿　綺麗でした。
   1　大きくて　　2　かばんは　　3　色が　　4　買った

10. 私は　専門家が　＿＿＿　＿＿＿　＿★＿　＿＿＿　できます。
   1　本を　　2　読む　　3　書いた　　4　ことが

15

# 第 15 單元：自他動詞



本書最後一單元介紹日文的自動詞與他動詞。N5 範圍中，學習到的詞彙有限，讀者學習自他動詞時，僅需記熟本單元所提出的動詞及其用法（前方所使用的助詞以及其動詞之變化）即可。最後兩項文法則是介紹關於變化（轉變）的兩個動詞「なります」與「します」，並留意其前方形容詞之型態即可。

# 第 15 單元： 自他動詞

## 94. 自他動詞

說明：動詞又分成①自動詞（不及物動詞）與②他動詞（及物動詞）。

① 所謂的**自動詞**，指就是「描述**某人的動作**，但沒有動作對象（受詞／目的語）」的動詞，又或者是「描述**某個事物狀態**」的動詞。主要以「A が（は）　動詞」的句型呈現。

**【某人的動作】**

・私**は**　アメリカへ　行きます。

（我要去美國。）

・弟**は**　外で　遊んで　います。

（弟弟正在外面玩耍。）

・父**は**　出張から　帰りました。

（爸爸出差回來了。）

・あそこに　座りましょう。

（我們坐在那邊吧。）

・今日は　とても　疲れました。

（今天很累了。）

**【某物的狀態】**

・ドア**が**　開きます（⇒開いて　います）。（※「自動詞ています」⇒ #95）

（門開。⇒門開著的。）

・窓**が**　閉まります（⇒閉まって　います）。

（窗關。⇒窗關著的。）

・電気**が**　消えます（⇒消えて　います）。

（燈暗。⇒燈沒亮暗著的。）

・車**が**　止まります（⇒止まって　います）。

（車停。⇒車停著的。）

・冷蔵庫に　牛乳**が**　入ります（⇒入って　います）。

（冰箱裡有牛奶在裡面。⇒冰箱裡有牛奶在裡面的狀態。）

② 所謂的**他動詞**，指的就是「描述某人的動作，且動作作用於某個對象（受詞／目的語）」的動詞。主要以主要以「A が（は）　B を　動詞」的句型呈現。他動詞又可分成「**無對他動詞**」與「**有對他動詞**」。所謂的「無對他動詞」，就是沒有相對應的自動詞的一般他動詞。「有對他動詞」，則是與表達某物狀態的自動詞相對應的他動詞。

**【無對他動詞】**

・私**は**　ご飯**を**　食べました。

（我吃了飯。）

・今晩、　友達と　映画**を**　観ます。

（今晚和朋友看電影。）

・今、　フランス語**を**　勉強して　います。

（現在正在學法文。）

・父**は**、　大学で　外国人に　日本語**を**　教えて　います。

（我爸爸在大學教外國人日文。）

・どうぞ、　これ**を**　使って　ください。

（請，請使用這個。）

**【有對他動詞】**

・私**は**　ドア**を**　開けます。　（他）開けます ⇄ （自）開きます

（我開門。）

・私**は**　窓**を**　閉めます。　（他）閉めます ⇄ （自）閉まります

（我關窗。）

・姉**は**　部屋の　電気**を**　消しました。　（他）消します ⇄ （自）消えます

（姊姊關掉房間的電燈。）

・（私**は**）　車**を**　止めます。　（他）止めます ⇄ （自）止まります

（< 我 > 停車。）

・（私**は**）　冷蔵庫に　牛乳**を**　入れました。　（他）入れます ⇄ （自）入ります

（我把牛奶放進冰箱。）

## 隨堂測驗：

01. 動詞「買います」為（ ）。
    1. 自動詞　2. 他動詞

02. 動詞「泣きます」為（ ）。
    1. 自動詞　2. 他動詞

解01.（2） 02.（1）

# 95. ～が　自動詞ています

接続：動詞て形＋います
常体：～ている
翻訳：…著（的狀態）。
説明：我們曾經在第 13 單元的第 86 項文法項目的辨析當中，學到「瞬間動詞」的概念。若「瞬間動詞」接續於「～ています」的後方，則表示此瞬間動作結束後的「結果狀態」。例如：「起きています（醒著的）、知っています（知曉著的）、結婚しています（維持著婚姻狀態）」。

第 94 項文法項目學習到的，表「**某物的狀態**」的自動詞，這些自動詞大部分都擁有其相對應的他動詞，且這些動詞也多為「瞬間動詞」，因此多會使用「～ています」的型態來表達目前此物品呈現著的狀態。

・ドア**が**　開（あ）き~~ます~~
⇒　開（あ）いて　います。　（門開著的。）

・窓（まど）**が**　閉（し）まり~~ます~~
⇒　閉（し）まって　います。　（窗關著的。）

・電気（でんき）**が**　消（き）え~~ます~~
⇒　消（き）えて　います。　（燈沒亮暗著的。）

・車（くるま）**が**　止（と）まり~~ます~~
⇒　止（と）まって　います。　（車停著的。）

・冷蔵庫（れいぞうこ）に　牛乳（ぎゅうにゅう）**が**　入（はい）り~~ます~~
⇒　入（はい）って　います。　（冰箱裡有牛奶在裡面的狀態。）

若是講「ドアが　開きます」，使用「～ます」形，則並非表「門開著」的結果狀態，而是講述**近未來**即將要發生的事情（尚未發生）。同理，若是講「電気が　消えます」，則並非表「燈熄滅了」，而是講述「燈即將要熄滅（請留意手邊的工作）」。

・電車（でんしゃ）が　来（き）ます。　ドアが　開（ひら）きます。　ご注意（ちゅうい）　ください。
（電車要來了。車門要開了。請留意。）

## 辨析：

N5 當中，表「某物的狀態」的自動詞，有些是用來形容自然現象的（即便它沒有其相對應的他動詞），亦是使用此方式表達。

・**花(はな)が　咲(さ)きます。**　⇒　**花(はな)が　咲(さ)いて　います。**
（花 < 即將 > 開。）　　　（花開著的。）

・**月(つき)が　出(で)ます。**　⇒　**月(つき)が　出(で)て　います。**
（月亮 < 即將 > 出來。）　（月亮出來了／高掛著在天空中。）

## 隨堂測驗：

01. 冷蔵庫（　）　ジュース（　）　入って　いますから、　飲んで　ください。
1. に／を　2. に／が　3. は／を　4. が／に

02. 教室の　電気が　（　）から、　つけて　ください。
1. 消(き)えます　2. 消(け)します　3. 消(き)えています　4. 消(け)しています

解 01.（2）　02.（3）

# 96. ～が　他動詞てあります

接続：動詞て形＋あります

常体：～てある

翻訳：（某人做了…之後），呈現著某狀態。

説明：第 94 項文法項目學習到的，表「某物的狀態」的自動詞，大多擁有其相對應他動詞，因此我們可以將第 95 項文法項目所學習到的「～が　自動詞ています」的表達方式，改寫為使用其相對應的他動詞，並使用「～が　他動詞てあります」的表達方式，來暗示「先前有人做了這個動作，以至於現在呈現著這樣的結果狀態」。

・ドアが　開（あ）いて　います。　（門開著的。）

⇒ドアが　開（あ）けて　あります。（< 先前有人開門，以致於現在 > 門開著的。）

・窓（まど）が　閉（し）まって　います。　（窗關著的。）

⇒窓（まど）が　閉（し）めて　あります。　（< 先前有人關窗，以致於現在 > 窗關著的。）

・電気（でんき）が　消（き）えて　います。　（燈沒亮暗著的。）

⇒電気（でんき）が　消（け）して　あります。（< 先前有人關燈，以致於現在 > 燈是暗著的。）

・車（くるま）が　止（と）まって　います。　（車停著的。）

⇒車（くるま）が　止（と）めて　あります。　（< 先前有人停車在這裡，以致於現在 > 車停著的。）

・冷蔵庫（れいぞうこ）に　牛乳（ぎゅうにゅう）が　入（はい）って　います。　（冰箱裡有牛奶在裡面的狀態。）

⇒冷蔵庫（れいぞうこ）に　牛乳（ぎゅうにゅう）が　入（い）れて　あります。

（< 先前有人把牛奶放進冰箱，以致於現在 > 冰箱裡有牛奶在裡面的狀態。）

## 辨析：

N5 當中的「無對他動詞」，若此動詞在實行後會留下結果狀態（例如：「寫字」），則一樣可使用這種表達方式。但由於此種表達方式用來表達「結果狀態」，因此改為「～が　他動詞てあります」的表達形式時，**不可將動作主體**講出來。

**・私(わたし)は　字(じ)を　書(か)きます。**（我寫字。）
**⇒□字(じ)が　書(か)いて　あります。**
（< 之前有人在那裡寫字，以致於那裡 > 寫著字。）

**・母(はは)は　ご飯(はん)を　作(つく)りました。**（媽媽做飯。）
**⇒□ご飯(はん)が　作(つく)って　あります。**
（< 之前有人做飯，因此 > 飯做好在那裡。）

## 隨堂測驗：

01. 窓が　（　）　あります。
　1. 開いて　2. 開けて　3. 開きます　4. 開けます

02. 机の　上に　花瓶が　（　）。
　1. 置いて　あります　2. 置いて　います　3. 置きます　4. 置きました

解 01.（2） 02.（1）

# 97. ～く／に　なります

接続：イ形容詞~~い~~＋く／ナ形容詞~~だ~~＋に　名詞＋に　なります

常体：～く／に　なる

翻訳：變…，變得…。成為…。

説明：「なる」為自動詞，以「Aが（は）　B　なる」的型態，來表示主體A本身無意識地發生變化，變成了B的狀態。B可為名詞（※註：学生→学生に）或者是形容詞的副詞形（※註：良い→良く／赤い→赤く／静かだ→静かに）。此修飾方式就是第23項文法所學習到的「連用修飾」。

・部屋**が**　明る**く**　なりました。
（房間變明亮了。）

・公園**が**　綺麗**に**　なりました。
（公園變乾淨／漂亮了。）

・息子**が**　先生**に**　なりました。
（我兒子變成／成為老師了。）

## 隨堂測驗：

01. 新しい駅が　できましたから、　この町は　（　）　なりました。
　1. 便利だ　2. 便利く　3. 便利に　4. 便利な

02. 息子は　成績が　（　）　なりました。
　1. いいに　2. いく　3. よく　4. よいに

解 01.（3）　02.（3）

# 98. ～く／に　します

接続：イ形容詞~~い~~＋く／ナ形容詞~~だ~~＋に　名詞＋に　します
常体：～く／に　する
翻訳：把…弄成／變成…。
説明：「する」為他動詞，以「X が（は）　A を　B　する」的型態，來表示動作者 X 有意志性地利用自己的力量，讓主體 A 產生變化，變成了 B 的狀態。B 可為名詞（※ 註：学生→学生に）或者是形容詞的副詞形（※ 註：良（い）い→良（よ）く／赤い→赤く／静かだ→静かに）。此修飾方式就是第 23 項文法所學習到的「連用修飾」。

・私（わたし）は　部屋（へや）**を**　明（あか）る**く**　しました。
（我把房間弄明亮了。）

・彼（かれ）は　公園（こうえん）**を**　綺麗（きれい）**に**　しました。
（他把公園掃乾淨了／弄漂亮了。）

・私（わたし）は　息子（むすこ）**を**　先生（せんせい）**に**　しました。
（我把兒子栽培成老師了。）

## 隨堂測驗：

01. エアコンを　つけて、　部屋を　（　）　します。
　1. 涼しく　2. 涼しいに　3. 涼しに　4. 涼しい

02. 部屋を　（　）　して　ください。
　1. きれく　2. きれいく　3. きれいに　4. きれに

解 01.（1）　02.（3）

## 文章與對話

（最後一天上課，老師說明事宜）

明日から 冬休みです。 帰る 前に みんなで 教室を 綺麗に しましょう。 廊下は もう 掃除して ありますから、 教室の 中だけ 掃除して ください。 物置に 雑巾が しまって ありますが、 あれは 使わないで ください。 汚れて いますから。 先生が 綺麗に した この タオルを 使って ください。

それから、 先生の 研究室の 冷蔵庫に 冷たい ジュースが 入って います。 掃除が 終わってから みんなで 飲んで ください。

（大掃除後，老師與學生的對話）

先生：わあ、 教室が 綺麗に なりましたね。
陳 ：先生、 研究室の ドアに 鍵が かかって いて、 ジュースを 取り出す ことが できませんでした。
先生：あっ、 ごめんなさい。 はい。 これ、 鍵です。

先生：最後に、 玄関に ある 掲示板に 来学期の 予定が 書いて ありますから、 帰る 前に、 確認してから 帰って くださいね。 それでは、 皆さん さようなら。 また 来年 会いましょう。

## 翻譯

（最後一天上課，老師說明事宜）

明天開始就寒假了。回去之前，大家一起把教室掃乾淨吧。走廊已經掃好了，請只要掃教室裡面就好。置物櫃中有收著抹布，但請不要用，因為很髒。請使用這個老師已經弄乾淨的毛巾。

然後，老師的研究室的冰箱裡，有冰涼的果汁。掃完後大家一起喝喔。

老師：哇，教室變得好乾淨啊。
陳　：老師，研究室的門鎖著的，所以沒辦法把果汁拿出來。
老師：啊，抱歉。來，這是鑰匙。

老師：最後，玄關處的佈告欄，寫著下學期的預定事項，回去之前，請先確認後再走喔。
那麼，各位再見，我們明年見囉。

# 15 單元小測驗

1. 寒いですから、　窓を　（　）　ください。
   1　閉めて　2　閉めって　3　閉まて　4　閉まって

2. あっ、　窓が　（　）　いますね。　暑いですから、　開けて　ください。
   1　閉めて　2　閉めって　3　閉まて　4　閉まって

3. A：あっ、　雨ですね。　B：窓が　（　）　ありますから、　大丈夫です。
   1　閉めて　2　閉めって　3　閉まて　4　閉まって

4. ほら、　空に　月が　（　）ね。　綺麗ですね。
   1　出(で)て　います　2　出(だ)して　あります
   3　出(だ)して　います　4　出(で)て　あります

5. 私は　テーブルの　上に　コップ（　）。
   1　を　並びました　2　を　並べました
   3　が　並びました　4　が　並べました

6. テーブルの　上に　コップが　（　）から、　使って　ください。
   1　置いて　あります　2　置いて　います
   3　置きました　4　置けました

7. うるさい！　テレビの　音（　）　ください。
   1　が　小さく　して　2　が　小さく　なって
   3　を　小さく　して　4　を　小さく　なって

8. A：暑い！　B：窓が　____　____　__★__　____　ください。
   1　開けて　2　います　3　から　4　閉まって

9. A：寒い！　B：窓が　____　____　__★__　____　ください。
   1　閉めて　2　います　3　から　4　開いて

10. この　____　__★__　____　____　使わないで　ください。
   1　物を　2　ある　3　入れて　4　箱に

# 單元小測驗解答

## 01 單元

①3 ②4 ③2 ④1 ⑤2
⑥3 ⑦1 ⑧1 ⑨2 ⑩3

## 02 單元

①2 ②1 ③4 ④3 ⑤3
⑥4 ⑦2 ⑧1 ⑨2 ⑩3

## 03 單元

①2 ②1 ③3 ④1 ⑤4
⑥2 ⑦4 ⑧4 ⑨1 ⑩1

## 04 單元

①2 ②4 ③2 ④1 ⑤3
⑥2 ⑦3 ⑧1 ⑨2 ⑩4

## 05 單元

①4 ②3 ③1 ④2 ⑤4
⑥3 ⑦1 ⑧3 ⑨4 ⑩3

## 06 單元

①2 ②3 ③1 ④3 ⑤4
⑥3 ⑦4 ⑧3 ⑨2 ⑩3

## 07 單元

①3 ②4 ③1 ④2 ⑤1
⑥4 ⑦2 ⑧2 ⑨3 ⑩1

## 08 單元

①1 ②4 ③3 ④3 ⑤4
⑥2 ⑦3 ⑧1 ⑨3 ⑩1

## 09 單元

①4 ②3 ③3 ④3 ⑤1
⑥3 ⑦4 ⑧2 ⑨2 ⑩3

## 10 單元

①1 ②3 ③3 ④2 ⑤2
⑥4 ⑦1 ⑧2 ⑨1 ⑩1

## 11 單元

①3 ②3 ③4 ④1 ⑤4
⑥3 ⑦2 ⑧4(2413)
⑨2 (4321) ⑩4(2413)

## 12 單元

①4 ②2 ③2 ④1 ⑤3
⑥1 ⑦2 ⑧4(2341)
⑨3 (2431) ⑩4(2413)

# 單元小測驗解答

## 13 單元

① 4 ② 2 ③ 1 ④ 2 ⑤ 3

⑥ 3 ⑦ 1 ⑧ 1(4312)

⑨ 2 (3421) ⑩ 4(2143)

## 14 單元

① 2 ② 4 ③ 3 ④ 1 ⑤ 2

⑥ 2 ⑦ 1 ⑧ 2(4123)

⑨ 1 (4213) ⑩ 2(3124)

## 15 單元

① 1 ② 4 ③ 1 ④ 1 ⑤ 2

⑥ 1 ⑦ 3 ⑧ 3(4231)

⑨ 3 (4231) ⑩ 3(4321)

# 助詞索引

| へ | 方向 | 東京**へ**　行きます。 | P106 |
|---|---|---|---|
| と | 並列 | 春**と**　秋**と**　どちらが　好きですか。<br>トイレは　3 階**と**　7 階です。 | P78<br>P94 |
| | 共同動作 | 妹**と**　東京へ　行きます。 | P111 |
| | 相互動作 | 友達**と**　会いました。 | P133 |
| や | 並列 | 机の上には　本**や**　鉛筆（など）が　あります。 | P151 |
| の | 所有 | これは　私**の**　本です。 | P19 |
| | 數量 | 2 人**の**　外国人が　います。 | P158 |
| から | 起點 | 学校は　朝 8 時**から**です。<br>私は　台湾**から**　来ました。 | P94<br>P113 |
| | 移動起點 | 私は　鈴木さん**から**　お土産を　もらいました。 | P174 |
| まで | 終點 | 学校は　午後 3 時**まで**です。<br>この電車は　新宿**まで**　行きます。 | P94<br>P113 |
| より | 比較 | 鈴木さんは　木村さん**より**　かっこいいです。 | P77 |
| は | 主題 | 私**は**　春日です。 | P12 |
| | 對比 | 日曜日**は**　新宿へ　行きます。 | P130 |
| も | 類比 | 山田さん**も**　日本人です。 | P18 |
| ぐらい | 大略數量 | クラスには　学生が　25 人**ぐらい**　います。 | P160 |
| だけ | 限定 | クラスには　学生が　10 人**だけ**　います。 | P160 |
| しか | 限定 | クラスには　学生が　10 人**しか**　いません。 | P162 |
| か | 疑問 | 山田さんは　学生です**か**。 | P16 |
| | 不確定 | どこ**か**　行きましたか。 | P116 |
| | 選擇 | おにぎり**か**　パンを　食べます。 | P123 |
| ね | 尋求同意 | 鈴木君、　イケメンです**ね**。 | P44 |
| | 確認 | ここは　会議室です**ね**。 | P44 |
| よ | 提醒 | 財布、　落ちました**よ**。 | P46 |

# 句型索引

## な



## に



## は



## ま



## も



## 中文

Special thanks ♥
mei mei
peko

N5 系列 - 文法

穩紮穩打！新日本語能力試驗 N 5 文法（修訂版）

編　　　著　目白 JFL 教育研究会
代　　　表　TiN
封 面 設 計　陳郁屏
排 版 設 計　想閱文化有限公司
總　編　輯　田嶋 恵里花
校 稿 協 力　謝宗勳
發　行　人　陳郁屏
出　　　版　想閱文化有限公司
發　　　行　想閱文化有限公司
屏東市 900 復興路 1 號 3 樓
電話：(08)732 9090
Email： cravingread@gmail.com
總　經　銷　大和書報圖書股份有限公司
新北市 242 新莊區五工五路 2 號
電話：(02)8990 2588
傳真：(02)2299 7900
修 訂 一 版　2024 年 06 月　四刷
定　　　價　400 元
I　S　B　N　978-626-95661-5-0

國家圖書館出版品預行編目 (CIP) 資料

穩紮穩打！新日本語能力試驗 N5 文法 = Japanese-language proficiency test/ 目白 JFL 教育研究会編著 . -- 修訂一版 . -- 屏東市 : 想閱文化有限公司 , 2022.05
面； 公分 . -- (N5 系列 . 文法 )
ISBN 978-626-95661-5-0( 平裝 )
1.CST: 日語 2.CST: 語法 3.CST: 能力測驗

803.189　　111005262